刘 勇
李春雨
主 编

侯 敏
姚舒扬
副主编

李春雨
黄 盛
邓思聪
编 著

平凡人生之梦

PINGFAN RENSHENG ZHI MENG

北京师范大学出版集团
安徽大学出版社

图书在版编目(CIP)数据

平凡人生之梦/李春雨,黄胜,邓思聪编著. —2版. —合肥:安徽大学出版社,
2014.9

(梦想的力量:中国梦青少年读本/刘勇,李春雨主编)
ISBN 978-7-5664-0843-3

Ⅰ.①平… Ⅱ.①李… ②黄… ③邓… Ⅲ.①爱国主义教育－中国－
青少年读物 Ⅳ.①D647-49

中国版本图书馆CIP数据核字(2014)第219746号

出版发行：北京师范大学出版集团
　　　　　安 徽 大 学 出 版 社
　　　　　(安徽省合肥市肥西路3号 邮编230039)
　　　　　www.bnupg.com.cn
　　　　　www.ahupress.com.cn
印　　刷：合肥市裕同印刷包装有限公司
经　　销：全国新华书店
开　　本：170mm×230mm
印　　张：13.75
字　　数：132千字
版　　次：2014年9月第2版
印　　次：2014年9月第1次印刷
定　　价：24.80元
ISBN 978-7-5664-0843-3

策划编辑：赵月华　钟　蕾　　　　装帧设计：李　军
责任编辑：汪迎冬　　　　　　　　美术编辑：李　军
责任校对：程中业　　　　　　　　责任印制：赵明炎

版权所有　侵权必究

反盗版、侵权举报电话：0551-65106311
外埠邮购电话：0551-65107716
本书如有印装质量问题,请与印制管理部联系调换。
印制管理部电话：0551-65106311

总 序

中国是有着五千多年灿烂历史文明的泱泱古国。周秦伟业、两汉文明、大唐盛世、宋季富士、元朝拓疆、明代兴旺、康乾胜景,历史上伟大的时代与悠久的历史文明,不仅让我们每个炎黄子孙倍感骄傲,而且令世界人民叹为观止。而时至清朝,当欧洲已经走出长达八百多年中世纪的黑暗,在文艺复兴运动,接受一系列新知识、新技术的时候;当18世纪初牛顿发现了万有引力定律、莱布尼茨建立了微积分体系、培根喊出了"知识就是力量"的时候;当英国正在大张旗鼓地进行工业革命的时候,中国却仍然沉浸在"天朝上国"的迷梦和农业经济繁荣的落日余晖之中,根本不知道世界正在发生翻天覆地的巨变。结果是中国为此付出了沉重而惨痛的代价,鸦片战争失败后所签订的丧权辱国的中英《南京条约》,使中华民族承受了巨大而空前的屈辱,于是无数的仁人志士开始为振兴中华而奔走呼号,甚至抛头颅、洒热血。从洋务运动、戊戌变法、辛亥革命,直到中华人民共和国成立,中国人民为了寻求挽救国家于倾颓的伟大梦想,走过了一段艰难曲折的历程。

五四运动是这一历程中重要的一步,成为近现代国人真正觉醒的辉煌的起点。五四运动的先驱在高扬"民主""科学"伟大旗帜的同时,将目光聚焦于文学。我们还清楚地记得,无数有识之士都不约而同地将目光集中投向了青年!五四新文学与新文化运动中最重要、最让人瞩目的刊物就叫《新青年》,陈独秀所写的《敬告青年》满含殷殷之情、拳拳之心,至今令人难忘。回想当年,陈独秀为什么要创办《新青年》?为什么要写《敬告青年》?以陈独秀为代表的那代人为什么那样关注青年?难道是因为他们心血来潮吗?难道是因为他们认为青年必然胜过老年吗?不是的!他们清醒地意识到,民族伟大复兴的梦想不是一代人所能完成的,甚至也不是两三代人就能实现的。这个伟大的使命势必要由数代青年前赴后继,不断努力地去承担、去完成、去实现!

陈独秀在《敬告青年》一文中的慷慨陈词:"青年如初春,如朝日,如百卉之萌动,如利刃之新发于硎,人生最可宝贵之时期也。青年之于社会,犹新鲜活泼细胞之在人身。"亦如梁启超在《少年中国说》中所言:"老年人常思既往,少年人常思将来。惟思既往也,故生留恋心;惟思将来也,故生希望心。惟留恋也,故保守;惟希望也,故进取。

惟保守也,故永旧;惟进取也,故日新。"这样的言辞虽然有些绝对,但却道出了青少年乃国家与民族未来希望之实质。

从晚清起到今天,心怀强国梦想的中国人奋斗了一百多年。虽然在这一百多年中,几代人前赴后继,为中华民族开辟了一条通往伟大复兴之路,但在这条复兴的道路上,还需要我们继续努力。实际上,以"中华民族伟大复兴"为旨归的"中国梦"正像五四新文学先驱者们所预测的那样:还需要几代人去实现。也就是说,还需要几代青少年去不断地努力与拼搏。所以,让青少年了解什么是"中国梦",让青少年了解"中国梦"的实现对于我们国家与民族的根本意义,是多么急切,多么重要!这就是我们出版这套"梦想的力量:中国梦青少年读本"丛书的初衷。

这套丛书,紧紧围绕着"理想信念""少年成长""教育强国""科技腾飞""文学艺术""悠悠历史""求真探奇""城乡和谐""平凡人生""走向世界"等十个与"中国梦"密切相关的主题,用许许多多生动有趣的故事,向怀揣梦想的青少年说明:"中国梦"这三个字绝对不是口号、不是空想。相反,它有着丰富的文化内涵和底蕴,它涵盖了我们生活的方方面面,彰显在历史、科技、文学艺术等各个领域。它既可以体现为伟人在其人生历程中所追求的理想信念,也可以体现为普通人在平凡的人生中所坚守的一个个小小梦想;它既可以体现为老一辈对于自己梦想的执着守望,也可以体现为年轻一代对于未来的无限憧憬。

我们之所以把这些故事讲给青少年听,是想让青少年了解那些曾经发生和正在发生的感人故事,让他们真正体悟梦想的实现都不是一蹴而就的,而是要付出辛劳和汗水;让青少年在这些生动感人的故事的熏陶下培养自身坚强、勇敢、勤劳的优秀品质;让青少年通过这些故事反观自身,从而激发他们面对挫折时的斗志和勇气;让青少年了解什么是"中国梦",为什么要实现"中国梦";让青少年明白自己在实现民族伟大复兴的"中国梦"的历史进程中肩负着什么样的责任。

"梦想的力量"在根本上来自青少年!

"中国梦"的实现归根到底在于青少年!

刘 勇 李春雨

2014 年 1 月

目录

守护"残疾儿童"的天使 // 1

擎起"流动儿童"的一片天 // 9

"轮椅天使"的别样人生 // 14

可敬可爱的"好巴郎" // 20

"经济女侠"的梦想选择 // 28

寻访远征军 // 35

与死亡拉锯 // 42

"中国作家富豪榜"背后的文学情 // 51

湾仔码头上的"水饺皇后" // 58

黄怒波的传奇人生 // 65

勇于攀登的"探路者" // 74

为爱"涅槃"创奇迹 // 80

为亲情而奋发 // 87

"千里之行"为寻亲 // 96

真爱创造生命的奇迹 // 103

至真至孝的好姑娘 // 110

12载的坚持与守候 // 119

甘当"农夫"的女博士 // 126

马班邮路上的信使 // 133

让爱人背着去行医 // 142

带领乡亲建"鸟巢" // 148

守护人民安全的英雄梦 // 155

不负群众的"草鞋"书记 // 162

替兄还债守诚信 // 170

独臂行者的梦想之旅 // 179

《家园》的生态梦 // 187

用音乐寻找光明 // 195

追梦途中洒满阳光 // 202

后记 // 209

守护"残疾儿童"的天使

高淑珍是河北省滦南县司各庄镇一名普通的农村妇女。她的小儿子王利国在很小的时候患上了类风湿,这个原本健康活泼的小孩成了残疾人,因此不能像同龄的孩子那样按部就班地上小学、中学、大学,接受正常的学校教育。高淑珍为儿子能学到文化知识,就想在自己家办个小课堂,但当时这只是她的一个设想,并没有付诸实践,她更没有对家人、朋友说起过。后来,高淑珍从左邻右舍那里了解到,他们村庄附近还有很多像自己儿子一样可怜的孩子,因为身有残疾而不能接受教育。她非常同情这些孩子,也能理解他们父母内心的焦灼与无奈。她决定为这些孩子做点什么,即使自己的能力比较微弱。此时,一个伟大而又平凡的梦想蓝图在她的头脑中逐渐被勾勒出来……

1998年4月,高淑珍做出了一个令全家人都感到吃惊的决定——在自家开办一个"炕头课堂"。"炕头课堂"开讲了,授课老师是高淑珍的大女儿王国光,而高淑珍就是这个"炕头课堂"的后勤部主任。刚刚开办"炕头课堂"的时候,2块黑板、4张课桌、4把椅子、1盒粉笔、3本旧课本就是这里所有的教学设施了。虽然"炕头课堂"的教学环境比较艰苦,却满足了残疾儿童上学的愿望。从这个时候开始,高淑珍家里便时常响起琅琅悦耳的读书声。来这里的孩子们都很珍惜读书、学习的机会,上课时都学得格外认真。很多孩子从原来的不会写一个汉字,到现在可以轻松默写《唐诗三百首》,他们在学习上的每一次进步都让高淑珍感到高兴。

在了解到孩子们从家到"炕头课堂"上学的路途中所面临的困难后,高淑珍母女二人就决定每天用自己家里的自行车接送残疾孩子们上下学。随着时间的推移,她们的"炕头课堂"渐渐有了名气,引起了乡里乡亲的热议,很多残疾儿童的家长纷纷慕名而来,希望能够把孩子送到高淑珍这里接受文化教育。

随着接收的孩子越来越多,自行车的运载能力明显不足。为了给孩子们提供更多的便利,高淑珍决定自掏腰包买一辆旧面包车,但她当时根本没有钱。为此,她不仅到别人家地里去干农活,还当过保姆。辛苦工作了半年,高淑珍终于攒够了买面包车的钱。当孩子们第一次坐上面包车的时候,高淑珍的心里别提有多开心了。

在这群孩子们中,有两个孩子的残疾程度特别严重,高淑珍怕这两个孩子因上下学的路途颠簸而影响身体健康,她干脆让他们在自己的家里免费吃住,省去了孩子们路途中的不便。随着在家里吃住的孩子增多,她的家渐渐成为一个温暖人心的"爱心小院",高淑珍便是这"爱心小院"的院长。

"爱心小院"给了残疾儿童无尽的照顾与关怀,使他们的生活一扫往日的阴霾,他们也逐渐变得乐观、开朗和自信。为了能让"爱心小院"正常运转,实现残疾儿童接受文化教育的梦想,每天天还未亮,高淑珍就开着那辆旧面包车,满载着从批发市场上批发回来的日常生活用品,赶往一百多里外的农贸市场出售。每当遇到下雨、下雪等恶劣天气,集市没开的时候,她就走街串巷地叫卖。虽然风里来雨里去的高淑珍十分辛苦,但是她从不在意,更没有任何怨言。她总是说:"我一天出去挣十块二十块给孩子们买好吃的,我心里头欢喜,开着车子都有劲。"

在"爱心小院"里,高淑珍把知识的养料灌注给了一批又一批残疾儿童,用自己的行动温暖着、感动着他们。虽然高淑珍也曾遭遇到社会上一些人的质疑,但是她依旧不改初衷。"做事对得起良心,真金不怕火炼。"高淑珍坚持要把自己的"炕头课堂"办下去,把"爱心小院"开下去。

自1998年以来,高淑珍开办的"炕头课堂"已经走过了十几年。在此期间,她接收了数以百计的残疾儿童,让他们来到自己的"炕头课堂"接受文化教育,更让他们从心底里感受到人间的温暖。高淑珍金子一般的心灵让她成为了这群残疾儿童的守护天使,她希望自己的行动可以惠及更多的残疾儿童,给予他们更多的帮助与鼓励,这个便是她的梦想与追求。为了实现这个梦想,高淑珍每天都在努力着,她用自己的经历告诉世人:身为平凡人也要敢想敢为,梦想不是那么遥不可及,梦想的实现就在于走好脚下的每一步。

特殊儿童　特殊儿童是与正常儿童相比，在生理、心理或智力等方面存在很大差异的儿童。特殊儿童不仅包括在生长发育期内的发育水平低于正常水平的儿童，而且包括在生理、心理、智力发展水平高于正常水平的儿童以及具有违法犯罪行为的儿童。主要有以下几个类型：具有天赋的天才儿童、智力障碍的儿童、感官具有缺陷的儿童、躯体具有缺陷的儿童、存在语言障碍的儿童、学习上有障碍的儿童等。从狭义的角度来说，特殊儿童仅仅指残疾儿童，也就是说在身体方面或智力发展过程中存在障碍及缺陷的儿童，也可以称为"障碍儿童"。这里的特殊儿童，根据存在的障碍及缺陷的身体部位与功能，主要被划分为以下几种类型：智力障碍儿童、行为障碍儿童、言语障碍儿童、视觉与听觉障碍儿童、肢体残疾障碍儿童等。特殊儿童应该受到社会更多的关注与支持，帮助其早日适应社会生活。儿童在被发现存在障碍及缺陷的情况下，应该对其进行适当的学习教育与身体的康复训练，这样可以在很大程度上，保持其良好的身体状况，开发其智力水平，减少更加恶劣的后果出现，逐渐让其发展自我、完善自我，早日成为社会大家庭中平等的一员。

❊ ❊ ❊

要是一个人的全部人格、全部生活都奉献给一种道德追求,要是他拥有这样的力量,一切其他的人在这方面和这个人相比起来都显得渺小的时候,那我们在这个人的身上就看到崇高的善。

——[俄]车尔尼雪夫斯基

擎起"流动儿童"的一片天

皮村是北京外来务工人员最密集的地区之一,常住居民仅有几千人,外来的流动人口却过万。为了解决这群"流动儿童"的教育问题,在皮村的周边地区涌现出一大批打工子弟学校。沈金花便是北京朝阳区皮村一所打工子弟学校的校长。美其名曰校长,实则身兼数职,既是体育老师,也是杂工,更是几百名"流动儿童"的生活管家。

曾经有人问过沈金花:"你这么年轻,在大城市找份工作多好啊,为什么要留在城市的边缘,吃苦受累的,每个月只有不到2000元的工资,你图个啥?不后悔吗?"沈金花则用质朴的话语给予了强有力的回应:"我就是想遵循自己内心的声音、自己的梦想,做出点有利社会、造福社会的事情来。"

2005年，沈金花从中华女子学院毕业。择业时，她放弃了城里优厚的待遇，选择参加打工子弟学校同心实验学校的建设。

沈金花在同心实验学校的办学理念与传统的打工子弟学校有着很大不同。她注重引入社会资源，以此弥补打工子弟学校资金不足的先天劣势，学校反过来再回馈社区文化建设，从而形成一个较为良性的循环与互动。

为了引入更多的社会资源，沈金花四处拉"赞助"。冷漠无情的眼光与尖酸刻薄的言语她从不在乎，因为她心里最清楚，自己所做的一切是为了孩子们，是为了她的公益慈善事业的正常运转。刚开始，沈金花打不开局面，拉不到赞助。偶尔拉到的一点赞助，对于学校建设来说，也是杯水车薪，解决不了多少问题。坚韧的她对此没有感到灰心与失望，更没有轻言放弃，而是辗转各处，锻炼并提高自己的社交能力，最终成功引入了一系列社会资源。在她的努力下，孩子们终于有机会上兴趣班了，终于可以参加游览活动，开阔眼界了；在她的鼓舞下，更多的爱心人士也自愿加入了打工子弟学校的建设中来；在她的操持下，家长课堂开课了，它不但提高了家长的素质，而且帮助家长营造了一个让孩子们健康成长的良好的家庭环境。

用一个"忙"字来形容沈金花在同心实验学校工作的状态,真是再确切不过了。清晨7点,她便开始了一天的忙碌。先是在校园中巡视一圈,然后再快步回到自己的办公室,处理学校的一些事务。她的办公室不足10平方米,看上去有点儿狭小和破败,没有豪华的桌椅,没有气派的匾额、条幅,更没有空调、风扇。办公环境虽然不宽敞,但是"麻雀虽小,五脏俱全",足以让沈金花维持整个学校各项事务的正常运行。

下午5点是学校放学的时间。沈金花像往常一样,站在学校的大门口,和家长们亲切地打着招呼、挥着手,并微笑着和孩子们作别。把一个个孩子平安地送走后,她忙碌的一天还并没有结束。吃过晚饭,回到昏暗、狭窄的办公室,她还要工作到很晚才拖着疲惫不堪的身体,回到宿舍休息。日夜操劳使得皱纹过早地爬上她的额头与眼角。

为了更好地为几百个孩子服务,现在的沈金花几乎是个不折不扣的"全才":办公室的电脑、打印机出故障时,她可以马上变身专业的"维修人员";如果碰到班级里的孩子出现什么头疼脑热,她立刻成为临时的"医护人员";如果哪位老师休了假,她又即刻走上讲台,成为"代课教师"。

沈金花并不是孤军奋战,在她身边集结了一群拥有共同追求、共同理想的伙伴。她领导的教师团队是具有大专

以上学历的一群年轻人,甚至还有来自北大的高才生。面对微薄的收入——每个月只有不到 2000 元的工资,他们依旧能够苦中作乐,坚守在自己的岗位上,共同为"流动儿童"的教育成长奉献着自己的生命能量与热情。

现在,沈金花最大的梦想就是让更多的"流动儿童"都能身心健康地学习与成长,使其能够学会欣赏自我与肯定自我,从而活得更加有尊严。沈金花将人生中最美好的青春年华献给了她所热爱的公益慈善事业,以羸弱的臂膀为皮村这群"流动儿童"们擎起了一片蓝天,像母亲一般,努力用爱心和坚持守护着他们。

打工子弟学校　　近年来,随着我国城市化进程的加快,大量的农村人口或偏远地区的小城镇人口涌入特大城市,他们大多数是为了获得更多的谋生机会,希望能够分享大城市中的各种优良资源。在他们向城市大规模涌入的过程中,带来了城市的高速发展,但随之也产生了一系列亟待解决的问题,外来务工人员子女就学难的问题便是其中之一。为了使这个问题得到缓解,针对外来务工人员子女就学的特殊需求,打工子弟学校这一新生事物便应运而生。打工子弟学校主要是由社会各界的爱心人士大力

捐助而创立的,因此学校的性质大部分属于私立。尽管这些学校大多通过了资质认证,但还是存在先天的不足与劣势。比如,教学环境比较差,条件设备简陋;教师的素质参差不齐,大多没有教学经验,并且流动性较大。如今的打工子弟学校受到了来自社会各界越来越多的关注与支持,但是其现状不容乐观,如何完善其教学的各个环节已经成为一个亟待解决的社会难题。

❈ ❈ ❈

几十年的经验使我懂得,多想到别人,少想到自己,便可以少犯错误。

——巴金

"轮椅天使"的别样人生

有的人戚戚于生命中时隐时现的悲伤与无常,有的人汲汲于生活中的欲望与荣耀,而有的人却勇敢地在人生低谷中挺直脊梁,用强烈的爱和热情的手,温暖着别人。被称为"轮椅天使"的董明就是这样的一个人,她战胜了身体残疾带来的痛苦,用志愿者的梦想演绎了属于自己人生的别样精彩。

董明,1986年出生于武汉市硚口区。和所有孩子一样,小时候的她对生活中的一切事物充满了好奇,对未来的世界满怀期待。随着成长,小董明越来越喜欢在水里玩,尤其喜欢跳水运动。每当坐在电视机前看跳水比赛时,小董明明亮、清澈的眸子里便闪烁着梦想的亮光——当一名跳水运动员,在跳板上展示力与美融合的英姿。为

此,年幼的她努力学习游泳和跳水,并在6岁时成功入选湖北省跳水队。可是,通往梦想的道路总是布满荆棘,9岁时的一个意外彻底击碎了她的梦想,改变了她预想的人生轨迹。1995年,小董明在跳台上训练起跳的姿势时,一不小心,整个人摔了下去。这一摔,把活泼好动的她摔成了高位截瘫,脖子以下的身体完全失去了知觉!霎时,人生被阴霾遮住,她的整个世界坠入无底深渊,跳水梦想破碎得不留一丝痕迹。

　　看着父母日夜守候在自己床边,因过度操劳而出现的皱纹在他们脸上留下了岁月的痕迹,痛苦钻进了小董明的心里。"怎么办?我要怎么活下去?"小董明的泪水簌簌而下,流到了嘴里,品尝着苦涩的泪水的味道,她第一次对未来感到迷茫。"是啊,还有医疗费,这肯定不是一笔小数目,父母要从哪里来赚啊?""不行,我不能就这么活下去,我得自救,不能成为家里永远的负担!"想到这些,小董明下定决心自学。小董明请父母买来课本,克服嘴不能朗读、手不能抓笔的困难,开始自学从小学到高中的课程。"没想到这孩子如此坚强!"看在眼里的亲友们无不为小董明的精神所感动,他们纷纷鼓励小董明坚持下去,并主动为她寻找可靠的物理治疗方法。冬去春来,日复一日,董明就这样在自学和康复中度过了6年,她的上臂渐渐有了

知觉！备受鼓舞的董明开始看到生活的曙光,她立刻让父母买了一台二手电脑,开始艰难地以上臂带动小臂练习打字,并试着给报刊投稿。在不懈地坚持中,董明不仅能以稿费自食其力,还有了一定的积蓄。

梦想的风帆,为生命的征程扬起无与伦比的力量。2005年,经过康复锻炼的董明能慢慢地发出一些声音了!她也开始重新规划未来的人生。"我是在亲友们的关爱下成长起来的,我的生活正是因为周围朴实的爱心而变得美好起来。现在我有回报社会的能力了,我要让更多的人体会到社会关爱的魅力。"董明对父母表达自己的想法,"我觉得我可以做志愿者,帮助那些需要帮助的人,这应该就是我接下来的梦想吧。"本来想劝女儿在家安心休息养病的父母见董明对未来的计划如此笃定,便也决定倾尽全力支持她。于是,在父母的帮助下,董明克服了身体无法行动的困难,进入一所聋哑学校义务教天真烂漫的聋哑孩子们学说话。做志愿者成了董明生活的动力。两年后,她正式注册成为一名志愿者,开始马不停蹄地追逐着自己的新梦想。禁烟大使、环保志愿者、文明过马路劝导员……每一个志愿服务平台都成为这个独自摇着轮椅的女孩实现自己梦想的舞台。

2008年,突如其来的汶川大地震给全国人民带来难

以平复的伤痛,也深深地震撼了一直在追逐志愿梦想的董明。她不顾自己的身体状况,一连数十天摇着轮椅和一些有着相同梦想的志愿者一道在街头倡议为灾区募捐和献血。在电视播出汶川灾区急需专业心理辅导志愿者的消息后,董明二话不说,取出自己辛苦积攒的稿费,并说服父母拿出为她准备的1万多元治疗费,全家共赴灾区,让梦想的光亮温暖更多的人。在面对一个失去了父母的7岁小男孩时,董明以大姐姐的身份为这个灾后不愿说一句话的男孩进行心理疏导,一连6天陪伴着他。无微不至的关怀将这个男孩心中的恐惧消除,男孩最终打破了沉默,扑在董明怀里哭喊:"姐姐,你就是我在世上的亲人!谢谢你!我也要像你一样有意义地活着。"

短暂的两个月内,董明在梦想的支撑下,以自己特有的经历和坚强帮助40余名在震中变成重度残疾的人重新鼓起生活的勇气,还悉心开导了5名父母双亡的孩子。董明的事迹不胫而走,无数人为她在灾区的志愿行动所感动,主动前往四川,为灾区尽自己的一份力。海内外媒体也纷纷报道残疾女孩董明的梦想实践和善心之举,称赞她为"轮椅天使"。之后,董明成立了"董明爱心志愿者团队"和"董明免费心理咨询工作室",把自己每月所赚稿费全部投入其中,长期为失业、下岗及失恋等人群提供免费的心

理咨询。至今，已经有 5000 多人接受过董明的志愿帮助，有很多到访者被她坚持不懈的精神所感动，加入了"董明爱心志愿者团队"，在董明的带领下一同帮助更多需要帮助的人。

见到越来越多的人加入自己的志愿者团队中，董明更加乐观："虽然身体的残疾是我主观上不能改变的，但我不想让我的生活方式也是残疾的，也不想让身边的残疾人变得消沉。坐在轮椅上不是我的缺陷，而是我做志愿者的最好条件，也是我踏踏实实追逐梦想的动力！"2008 年北京奥运会期间，董明作为央视网特约记者参与了奥运会的报道，并以残奥会志愿者的身份出现在"水立方"的各个志愿者区域，将自己的志愿梦想绽放在国际舞台上。被她无私奉献的精神震撼的时任国际奥委会主席罗格先生给予了董明高度评价："如果都能像董明那样乐于奉献，奥运会肯定能吸引更多的力量参与进来。"

美丽的"轮椅天使"董明以自己的爱心和惊人的耐力，在追求志愿梦想的路上越走越精彩，并深深感动着路上的每个人。2011 年当选为第三届全国道德模范后，她说："只要我还有能力帮助别人，我就没有权利袖手旁观。因为在帮助别人的过程中，才能体会到生命的真正意义，也才能将人生在终身的志愿行动中演绎出别样精彩。"

知识链接

汶川大地震　汶川大地震是于北京时间2008年5月12日14时28分发生在中国四川省汶川、北川的里氏8.0级地震。此次地震的震中在四川省成都市西北偏西方向79千米的阿坝藏族羌族自治州汶川县境内，震源深度为10～20千米，与地表近，持续时间较长，并波及大半个中国及多个亚洲国家。此次地震共造成69227人死亡、374643人受伤、17923人失踪，直接经济损失达8451亿元，是自中华人民共和国成立以来破坏力最大、波及范围最广的地震，也是唐山大地震后人员伤亡最惨重的一次。

✲ ✲ ✲

生命不可能有两次，但许多人连一次也不善于度过。

——[法]吕凯特

可敬可爱的"好巴郎"

在维吾尔语中,"巴郎"的意思是"小伙子、年轻人"。阿里木虽然已接近不惑之年了,但熟悉他的父老乡亲依旧喜欢亲切地称他为"好巴郎"。的确,阿里木的身上总是带着一股向上的朝气与积极的活力,和蔼的笑容与善良的行为感染着他周围每一个人,他激励着更多的人把爱心凝聚,将爱心的接力棒传递下去。

阿里木的全名为阿里木江·哈力克,是土生土长的维吾尔族人,1971年出生于新疆维吾尔自治区和静县。虽然家境贫寒,但是好学的阿里木还是凭着自己的努力与坚持读到了高中二年级。为了减轻家里的经济负担,他选择了辍学参军。退伍以后,他被分配到了一个偏远乡镇的供销社工作。由于当地大多数居民生活并不富裕,有时他们

到供销社买生活日用品时带的钱不够,好心的阿里木就用自己攒下来的钱周济他们,最终因此丢掉了自己的"铁饭碗"。身无分文的阿里木翻山越岭,千辛万苦地来到了贵州省毕节市,在那里他开始从事卖羊肉串的工作,以此来维持生计。让人意想不到的是,就是这样一个连自己的温饱问题都难以解决的异乡年轻人,却成为日后造福社会、造福他人的"平民慈善家"。

每每提起在毕节卖羊肉串过活的事情,阿里木的内心总是充满了感慨与无奈。阿里木曾经坦言:"其实啊,我那个时候,并没有什么太大的理想与梦想,只是想做点小买卖、小生意,为的是养家糊口。"熬过了创业初始的困难,阿里木的羊肉串生意渐渐走上了正轨。填饱了肚子之后,他心中有了帮助他人的梦想,他要尽自己的所能去帮助更多的贫苦人,帮助他们走出温饱都得不到满足的生存困境,减轻他们在人生路上行走的痛苦。

对于那些在贫困生活的重压下依旧有着求学梦想的孩子,阿里木尤为同情。因为他内心始终都存着一个求学求知的梦想,但是家境的艰难让他的求学梦想破灭了,这成了他心中永远的痛。那些同样在贫苦的生活中挣扎的孩子的处境和心情,他是能够感同身受的。

阿里木了解到贵州省毕节师范专科学校(现更名为毕

节学院)的一名贫困生赵敏为了省钱积攒学费,每天只吃一顿饭后,随即将500元现金送到她手中,以解其燃眉之急;当得知周勇患有很严重的肾病,因为家庭经济条件差负担不起救治的费用,他的母亲只能在病床边暗自流泪时,阿里木立即伸出了援助之手,并向媒体朋友们发出了求助的信号,号召大家为周勇这个可怜的孩子捐助,后来有两家医院被阿里木的爱心所感动,承诺无偿救治周勇;当他得知大方县某小学学生缺少书包,学校也因为没有一面五星红旗,很长时间没举行升旗仪式,阿里木二话没说,用自己的辛苦钱购买了181个新书包和一面崭新的五星红旗,他借来一匹马,跋涉两个多小时,把物资顺利运送到了学校;当听说某小学有41名学生因交不起学杂费而面临辍学的困难时,阿里木即刻冒雨送去5000元现金,以帮助他们早日走出生活的困境。还有一次,阿里木从电视新闻中得知,一名在读的大学生在井下挖煤,以此来赚取学费念书,他随即找到了这名学生承诺每月给他100元生活费……可以毫不夸张地说,无论是在贵州省毕节市的小学、中学还是大学,都有阿里木捐助的贫困学生。他甚至还在贵州省毕节学院以及贵州大学设立了以自己名字命名的助学金、奖学金,避免学生们因生活困难而陷入辍学的窘境。

阿里木曾说,他帮助这些孩子从来不想得到什么回报,只要能看到一个孩子,因为有了他的帮助交上了学费,脸上露出的笑容,他就已经很开心、很满足了。当然,如果这些孩子能够学业有成,将来在各行各业为国家、为社会做出自己应有的贡献,那就更好了。这就是可敬可爱的"好巴郎"助人圆求学梦、不求回报的高尚品格。

阿里木的善举被越来越多的人所熟知,越来越多的爱心人士加入了阿里木的资助行动中来。阿里木打心眼里感激这些好心人,他也更加认同一个结论:这个社会,还是好人多。在资助贫困学子的同时,阿里木也积极投身于其他的社会公益活动中。在汶川地震、贵州雪灾、玉树地震、雅安地震发生后,阿里木都赶赴灾区,为抗震救灾贡献出自己的一份力量。

人们很难将一个卖羊肉串的人跟慈善事业联系起来。阿里木也坦言自己没有什么文化,是个粗人。但他用他的善举证明了,慈善事业不是什么贵族文化,不是什么社会名流的专利,更不是富甲一方的巨贾的施舍,它和社会中的每一个普通人都有着最本源、最直接的联系。每个人在一生之中都有艰难的时刻,都渴望得到他人的安慰与鼓励。作为从困境中走出来的人,阿里木觉得自己责无旁贷,应该对他人伸出援手。

公益慈善组织 随着整个人类历史车轮的不断滚动与前行,人类在创造灿烂悠久的历史文化的同时,也面临着阻碍其发展进步的各种各样的危机与挑战。这些危机与挑战主要包括外界自然力下的不可预知、不可控制的灾难,如海啸、地震、台风等,除此之外,还包括一系列的社会难题,如世界性的战争、资源的匮乏与争夺、环境与生态的恶化等。为了解决这些人类历史文明发展进程中出现的大大小小的难题,一批又一批富有爱心、同情心的善良的人聚集在一起,形成了各种各样的团体组织,这些组织机构通常不以盈利为目的,大家集思广益,一起为人类共同的集体利益的实现而努力奋斗,这些团体我们称之为公益慈善组织。他们的工作范围所涉及的面很广泛,主要包括:妇女、儿童、残疾人等弱势团体的权益维护;野生动物及自然生态平衡的保护;贫困群体的帮助与扶持等。近年来,随着我国公益慈善事业的普及与推广,公民的公益慈善意识逐渐提高,一系列民间组织纷纷组建。目前,中国公益慈善组织主要有中华慈善总会、中国福利会、中国少年儿童基金会、中国野生动物保护协会等;在世界范围内,较有影响力的公益慈善组织主要有红十字会与红新月会国际联合会、国际红十字会、世界自然保护联盟、国际绿色和平组织等。

✻ ✻ ✻

人啊，你要有善良的心，丰富的心灵，高贵的灵魂，这样你才无愧于人的称号，你才是作为真正的人在世间生活。

——周国平

"经济女侠"的梦想选择

她是内敛而静谧的学者,从容泛光华;她是凌厉而桀骜的笔者,笃定荡灵光,她就是现任《每日经济新闻》首席评论员——"经济女侠"叶檀。如今,作为财经领域的先锋人物,叶檀鲜明的观点、犀利的言辞和独到的笔锋赢得了很多人的称赞。翻看叶檀写下的多篇财经评论,人们不禁会为那些刚劲、一针见血的文字中流露出的忧国忧民的情怀所震惊,不禁会为一代"女侠"的伟大胸襟所折服。

说来奇怪,如今在财经评论界叱咤风云的叶檀在求学时,却是历史专业的高才生。叶檀曾在当时的杭州大学(现已并入浙江大学)攻读历史专业,之后又进入复旦大学专攻政治史与经济史,成功地获取了明清史博士学位,2006年前后,她的著作《明朝的明白人》作为"看了明朝就

明白"系列丛书的一本在全国各地书店出售。博士毕业后,叶檀先后到复旦大学和上海社科院工作,过着按部就班的书斋生活。在这里,叶檀低调而沉静,于文墨书香中锻炼自己的文笔,积累自己的经验。

而作为一个本质上"不安分"的人,久而久之便会对风平浪静的工作生活产生厌倦。"安静的书斋虽然沉积了我的学识,可同时也让我越来越找不到为之欣喜若狂的立足点。"叶檀说,"我发现自己内心深处还是喜欢波澜不断、精彩刺激的生活,或者说我更喜欢掌控自己的生活。"她注定需要寻找一个能够激励自己向更高、更远、更真实生活前进的梦想。为此,是为了表面的安逸风光而继续停滞不前,还是听从内心真实的召唤挣开枷锁?她站在人生的岔路口,仔细审视着自己最初的梦想。这时,一直以来对财经的兴趣再次"笼络"了叶檀的思维,她说:"每个人都应该为自己最想要的梦想拼一把!毕竟,任何人不可能两样都做,只能选其一,经过慎重的考虑,我选择了经济。"

其实,叶檀对经济领域的偏爱早就显露无遗。在学校攻读历史专业期间,叶檀偏爱社会转型期的历史,喜欢的原因就是"历史的转折植根于经济的转型,而经济在大多数情况下是政治的折射,为此,在对经济作评判时希望有长时段的历史观作为观照"。博览相关专业书籍后,睿智的叶檀品悟到这样一个深刻的道理:经济和法律是社会转型成功、建立整套秩序不可缺少的因素。这一切更推动叶檀将自己的梦想放飞于经济领域。

既然决定将经济作为自己的梦想,叶檀就开始寻找机会。恰巧这时,一群理想相似的媒体人在商业之都上海创办了一份新报纸,她为这群财经媒体人的自由、独立与激情精神所感染,毅然决然地加盟其中,开始为报刊撰写财经评论。这也是开启她新事业的第一步,从此她的工作生活变得跌宕起伏、波澜壮阔。回首往事时,她曾自我调侃说:"早知自己注定要写财经评论,当初就应该报考财经院校!"

选择了不同的道路,便选择了不同的风景。相较于之前苦闷却不乏安逸的书斋生活,涉足财经评论界,也就意味着选择了紧张而忙碌的生活。一天十几小时的工作时间成了叶檀的生活常态。中午,她简单梳洗后就坐在电脑面前翻看各大网站更新的财经新闻,形成自己初步的想法,继而搜索相关资料,最终确定接下来的写作主题。下午,叶檀会谨慎地分析资料、数据,然后设法约见业内相关的专家或学者,一起切磋相关观点。夜深人静时,文思泉

涌的叶檀在台灯的相伴下开始在键盘上飞快地敲击……当凌晨五六点钟的晨光抹去黑夜残留的最后一丝寂静时，她完成全天工作，疲倦地睡去。日复一日，叶檀每天坚持至少写一篇财经评论。另外，饱含激情的叶檀也很乐于接受不同媒体朋友的采访，以此来宣传自己的观点。越走越顺利的事业之路让叶檀更加坚定了自己最初的梦想，生活也不断给这个勇敢前行的斗士别样的惊喜。

在逐渐成长为财经专栏作家的道路上，叶檀梦想成为一个关注民生的经济学人。"我越来越希望自己的财经观点所涉及的是普通民众的生存境况，如果国家国内生产总值（GDP）持续增长，却不能让老百姓活得开心、活得幸福，那为什么还要追求它的增长呢？"这是叶檀的初衷，也是她一开始涉足财经界就给自己立下的标准。梦想越来越清晰，她也越发懂得如何坚实迈出自己人生的每一步。

带着对梦想始终如一的热情，叶檀常常对各种与百姓利益息息相关的现实问题进行独到的点评，希望可以通过自己的努力帮助缺乏经济常识的老百姓。而对于自己的评论范围与尺度，叶檀说道："从历史到现实，从经济到政治，其间并无轩轾，常有令人惊讶的相似之处。因此我谴责任何以牺牲个人充当某种崇高理想祭品的行为，以及脱离生活常识的高深理论。我特别赞赏尊重常识的理论,赞赏任何凭辛苦工作追求个人利益的行为。"一次,财经界针对政府是否该出手救股市掀起了一场波及范围很大的争论。一时间,众多媒体人和专家纷纷将自己的意见诉诸笔端,叶檀自然也不例外,她以极高的热情站在普通股民的立场上呼吁政府紧急救市,直接反对那些维护自由市场的不负责任的言论。叶檀经过对市场的观察,以澎湃的激情、激烈的言辞和缜密的分析能力,发表文章质问相关部门:"制度缺陷已经暴露无遗,现在不及时纠偏更待何时?难道要让一个个小投资者当牺牲品?"由于叶檀等众多人士的积极呼吁,有关部门最终改变了之前的谨慎态度。看到股民们盼来了好消息,叶檀也甚感欣慰:"当许多人面临困苦时,我们要尽全力带给别人坚持的力量,陪伴在他们左右,帮助他们战胜痛苦、战胜自己。"她也因此赢得了"叶姐""经济女侠"的美誉。

叶檀为梦想的不断努力也为自己赢得了《南方人物周刊》2008年度青年领袖、中国证券市场20年最具影响力财经传媒人奖等诸多荣誉;同时,业内专家也为这位"经济女侠"的魄力和文笔所折服。著名财经评论家吴晓波提及叶檀时就笑着说过:"'北胡(胡舒立)南叶(叶檀)',中国财

经评论界的性别力量平衡了!"经济学家巴曙松也特别欣赏叶檀的财经评论:"叶檀以她的勤奋、敏感和独立思考,作出了富有影响力的探索。也许读者并不一定都赞成她的结论,但是,这些长期跟踪形成的思考成果,有着特有的参考价值。"

当年由于财经梦,叶檀选择了辞职改行。经过多年的历练,叶檀在历史和现实、经济和政治之间自由穿越,成为广受喜爱的媒体人。平凡的人生大多这样,空旷的天地和变幻的生活给了我们万千的选择,而我们所做的该是抓住机会,选择梦想,用梦想带着自己漫游于纷纷扰扰的大千世界,用梦想带着自己的灵魂在人生的道路上达到更完美的彼岸,用梦想带着自己心甘情愿地接受真实选择所引出的一切结果,以此来开启属于自己最自然的人生。

《每日经济新闻》 《每日经济新闻》创刊于2004年12月9日,是一份全国公开发行的综合类财经日报,在经济界、金融界、产业界、投资界有着广泛的影响。2008年5月12日,《每日经济新闻》全新改版,坚持专业、权威、实

用、好看的办报理念,以公司行业新闻和理财信息为主,共16版。分A、B两叠印刷。A叠以"经济运行于公司产业"为主,设评论、要闻、深度、公司、金融、环球等版面;B叠则侧重于理财新闻,设大市、焦点、实战、公告眼、外汇、港股、基金、理财等版面。《每日经济新闻》长于提供公共经济新闻、金融投资新闻和工商服务情报,内容囊括国际、国内和上海的经济动态、重大经济政策和事件、资本和要素市场行情、重点产业情报、工商管理案例普及教育和商业实战技巧分析等,是一份对财经业界和投资者有参考价值的全国财经大报,也是国内原创财经新闻的主要源头。

※ ※ ※

生命,那是自然付给人类去雕琢的宝石。
——[瑞典]阿尔弗雷德·贝恩哈德·诺贝尔

寻访远征军

"传说人的灵魂有 21 克,当这个人死去时,他的体重会减 21 克,但我更相信一些异于常人的灵魂,他们的灵魂有 22 克。"云南作家晓曙在她的小说《22 克的灵魂》中这样写道。

出生于昆明的晓曙是革命后代,在家庭教育的影响下,她从小就具有浓厚的理想主义情怀。2001 年,晓曙为了写作小说《金三角的女人》,以自由撰稿人的身份先后四次穿越缅北,寻找写作素材。小说面世后,受到了很多读者的关注,这坚定了晓曙将其续写的决心。2005 年春天,一切准备就绪的晓曙为了让小说的故事更加翔实,决定再次穿越缅北!然而,缅甸境内的一次奇遇让晓曙与那些早

已被人们遗忘的"最后的老兵"结下了不解之缘。

晓曙打扮成边境农民模样,从小镇甘拜地进入缅甸境内,然后乘一辆皮卡车驶入山区,开始穿越缅北!天有不测风云,一场暴风雨过后,山上很多石块滚落下来,挡住了皮卡车前行的道路。晓曙和司机只能下车试着搬开路上的碎石。弯腰搬石头的刹那,晓曙看到路旁一棵龙眼树干上钉着一块微微生锈的铁皮标牌,标牌上方刻着弯弯曲曲的红色缅甸文,下方却赫然写着中文"林伯机械修理"。同时,一个箭头将视线引向一条绿荫掩映的小路。

"在缅甸这么偏僻的地方怎么会有写汉字的牌子?难道这附近住着中国同胞?"晓曙心想。于是,在好奇心的驱使下,她壮着胆子沿着小路走了进去。不一会儿,晓曙就来到一座背靠山坡的屋舍前,看到一个手握老虎钳、满身油污的中年男子在修理着机器。"你来做什么?是找我父亲的?他在房后。"中年男子发现眼前这位"不速之客"后漠然说道。晓曙灵机一动:"对啊!你父亲呢?我好久没来拜会他了!"于是,在中年男子的带领下,晓曙屏着呼吸走到房后见到了"父亲"——一位身材消瘦的独臂老人。老人听说有人来找他,就放下手上的活计,将目光投向眼前这位陌生的女子。老人把晓曙上下打量了一番后,操着

浓重的四川口音说："女娃,中国来的?"说时,那老人木头似的脸庞立刻荡漾出异样的神采。

"嗯,昆明来的。"晓曙嘴上虽然这么说,心里却极其疑惑。老人听后立刻伸出仅有的右手,紧紧握住晓曙的手,激动得一句话也说不出来。这时,晓曙看到老人身后有两座长满苔藓的陵墓,墓前两块青石碑上刻着赭色隶体大字——"壮士离故土,肝胆照山河""祭战友金光雷""祭战友刘玉祥"。"我啊,叫林国伟,其实是宜宾人,是黄埔军校第15期毕业生。"老人擦了一把眼泪,强压着激动的心情向眼前的这位中国姑娘诉说起了自己的故事。原来,在1942年,26岁的林国伟作为中国国民政府军机械化师的一名战士奔赴缅甸抗日。可没想到他在与日军作战中受了重伤,接着便流落缅甸,开始给地方武装做军事教官。从此,他的人生轨迹彻底改变了——脱离了国民军,和当地一名女子结婚生子,并开了个机械修理作坊谋生。然而,看似生活平静安稳的他,在心里却始终难以忘记自己抗日时的点点滴滴,难以放下对牺牲在缅北荒山野岭的战友金光雷和刘玉祥的想念。于是,林国伟费尽周折找到了战友们的遗骸并树碑立墓作为永恒的纪念。

天色渐渐黑下来,晓曙不得不离开。此时,林国伟又一次满含着泪花说："娃儿,回国后你要是方便就帮俺问个话,俺们年轻时为了咱们国家出来打仗,如今只剩一把老骨头了,可不可以回国?可不可以回老家看看?"看着林国伟斑白的双鬓,晓曙决心要把寻访这些远征的老兵作为她未来工作的梦想目标,把这些老兵的心声传递到国内。

为了让寻访远征军的梦想尽早实现,晓曙回国后开始四处搜寻二战史料,一本本地翻阅远征军幸存者回忆录。晓曙在史料中发现:1942年5月,部分中国远征军回国的道路被日军残暴地切断,指挥官杜聿明下令销毁全部现代化武器装备,并率部闯入了被当地人称为"绝地"的野人山。在这些撤进野人山的远征军队伍中,有近200个从事翻译、报务、医务等文职工作的女兵,但最后只有5个女兵活着走出了野人山。

那5位走出野人山的女兵现在怎么样?她们回国了吗?她们接下来的人生是怎样度过的呢?一连串的疑问困扰着此时的晓曙,因此,她决定去追踪这些鲜为人知的女兵故事!几经辗转,晓曙以远征军的生活为主题创作了小说《22克的灵魂》,并和《半边天》栏目合作,挖掘出5个女兵中刘桂英的故事并报道出来。中国远征军一时成为诸多有志之士热议的关键词之一,而更多的抗战老兵及其家属得知晓曙寻访远征军的事情后纷纷与她取得联系,尽可能地为她提供相关材料。社会的支持使晓曙

的斗志更加激昂。

　　一步一个脚印才能走出精彩的追梦之路！为了记录老兵当年的历史足迹，晓曙不辞艰辛地走访了南洋的槟榔屿、太平洋的塞班岛、泰北、缅北、滇西腾冲等地，拍摄了无数珍贵的影像纪录。几年间，20多位流落国内外的远征军老兵先后在晓曙的关怀下敞开了心扉。晓曙的寻访远征军之梦越走越畅，2008年冬天，在昆明中美友谊二战公园筹委会的支持下，晓曙策划并拍摄了《英魂归来》《魂归松山》《美丽的灵魂》《肝胆雄魂》《异域孤魂》《大国之魂》等六集内容的纪录片《最后的老兵》，她想以此引起国内民众和政府对远征军的关注。2009年，晓曙寻访远征军的梦想迈出了更大的一步！她和同伴在缅甸密支那走访时发现了4位艰难谋生的远征军老兵。这些老兵大多年届九旬，流落异国他乡已经60多年！"女娃啊！我们日日夜夜都想回去哪！这么多年我们每时每刻都在想着以前的亲人！"老兵得知晓曙是专门来寻访他们后，忍不住放声大哭起来，"你们现在能来找我们，说明祖国的人还想念着我们哩！谢谢你们啊！"看到这些老兵如此执着地想念着祖国，如此衷心地感谢着自己，晓曙只能激动地抹着自己的眼泪说："我的努力没有白费。我深信，功勋章就在人民心中！"

　　通过多年拍摄《最后的老兵》，晓曙渐渐发现中国远征军曾两次入缅抗击日军,前后有8万将士英勇牺牲,而幸存的老兵因无法回国,他们中的很多人晚年过着凄苦的生活。特别是在20世纪70年代,缅甸政府铲平了大量的中国远征军之墓,这让流落在异国他乡的老兵更没有归属感,更加渴望回到祖国母亲的怀抱。故而,继续深入记录远征军历史,呈现老兵晚年的真实生活仍旧是晓曙接下来的梦想目标。2011年全国"两会"上,全国人大代表、成都军区《西南军事文学》主编裘山山建议,搜寻中国远征军抗战烈士遗骸,迎接8万亡灵回国。一直为寻访远征军梦想而付出的晓曙仿佛看到了希望,"说明国家已经开始重视这些远征军了!我的梦想有价值!"如今,晓曙还在寻访远征军的梦想道路上继续书写新的传奇,打算为他们留下一部具有史料意义的"纪录片"。

中国远征军 中国远征军是抗日战争期间中华民国政府为支援英国军队在缅甸殖民地对抗日本帝国陆军,保卫中国西南大后方补给线安全,而组建的出国作战的国民革命军部队;是甲午战争以来首次出国作战并立下赫赫战功的中国军队。1941年12月23日,中英在重庆签署《中

英共同防御滇缅路协定》，中英军事同盟形成，中国为支援英军在滇缅（时为英属地）抗击日本法西斯，并为了保卫中国西南大后方，组建了中国远征军。1942年初，日本侵占马来西亚后，开始入侵缅甸，驻守缅甸的英军一路溃败。应英军请求，中国远征军开赴缅甸战场。1942年3月至8月为第一次远征军，有同古战役、仁安羌大捷等著名战役；1943年初至1945年3月为第二次远征军，由陈诚、卫立煌先后担任司令长官，有腾冲战役、松山战役等主要战争；1942年至1945年5月，由中美联军、中国驻印军联合第三次远征。从中国军队入缅算起，中缅印大战历时3年零3个月，中国投入兵力总计40万人，伤亡接近20万人。

中国远征军入缅与日军作战，不仅有力支援了盟军在中、印、缅战场对日作战，还打通了中国西南国际运输线，提高了中国正面战场的战争能力，加速了日本法西斯的崩溃。

❋ ❋ ❋

志于道，据于德，依于仁，游于艺。

——（春秋）孔子

与死亡拉锯

深圳作家协会副主席李兰妮一生被病魔缠绕,她彷徨过、绝望过,但最终从人生的低谷中突围,谱写了一段慷慨激昂的人生传奇。

李兰妮的童年苍白、单调。她从小跟随军人父母来到没有任何儿童的内伶仃岛。在14岁时,她发现自己脖子下面长了个瘤子。可此时忙碌的父亲却要赶去几百里地以外的地方开会,父亲匆忙而无奈地说:"兰妮,你自己去找医生看吧!"于是,坚强的李兰妮自己就去了岛上的军医院,"姑娘,你这是血管瘤。"医院的主任细心诊断后说,"你得赶紧开刀。"小小的李兰妮听到后愣在了诊室,主任似乎看出了这个女孩的犹豫:"姑娘啊,你已经14岁了,也是大人了。你也可以像军人一样很勇敢的,是吧!"李兰妮咬咬

牙,强忍住泪水上了手术台。她清晰地感觉到医生在捏着她的皮肤,像锥鞋底一样地缝上伤口。

李兰妮在日后的书中曾表示,这次的血管瘤开刀给了她一个独立坚强的人格。但天有不测风云,手术过后,李兰妮非但没有好转,身体反而消瘦下来,经常生病,而且每次生病都得住院,一住就是半年。医院的工作人员都觉得奇怪,怎么这个十几岁的小女孩一直在医院啊?甚至连节假日都住在医院!为了不让家人太过担心,这个善良坚强的小女孩从不在旁人面前展露自己的苦痛。但是她时常坐在医院里难以入眠,觉得四周的黑暗在不断吞噬生命,死亡的恐惧远比孤独更可怕。

终于有一天,医生诊断出她患的是严重的甲状腺功能低下,"看来你是治不好了。"医生无奈地说,"你一辈子都不可能工作了。""那我去考大学吧!"李兰妮听到医生的宣判后强忍住眼泪镇定地答道。医生听到李兰妮这么说,虽然不无震撼但还是忍不住说了实话:"唉!你根本不可能考大学,即使考上了也不可能学下来!"面对医生宣判的"无期徒刑",自尊心极强的李兰妮咬咬牙,决心通过自己的努力来改变被病魔吞噬殆尽的生命。她决心要读大学!李兰妮开始不停地看书,有时候在地上看到一张报纸,她就会捡起来,把它读完并体会其中的意思。她时时告诫自己要实现自己改变人生的梦想,必须要用读书来丰富生活,要拿生命来等待希望。

机遇总在想象不到的时候出现。1981年的一天,深圳市举办青年文学培训班,一心想学习的李兰妮没多考虑就报名参加了。进了培训班后,李兰妮才发现其他人都在拿着自己的作品热烈地讨论着,唯独她没有。"这怎么行?我也得有属于自己的作品,不能这么丢人!"李兰妮心想。因此,她开始构思创作人生的第一部短篇小说。出人意料的是,由于李兰妮出色的文笔和文章深刻的哲思内蕴,这部小说发表了,她还因此获得1981年广东省新人新作奖。从此,李兰妮找到了自己人生的支点——文学创作,并在1983年担任《深圳报》副刊责任编辑,1984年还成功地当选为第一届深圳作家协会副主席。被梦想照耀的人生从此仿佛光明起来,李兰妮觉得自己的梦想时刻都在胸口闪闪发光。

就在大家以为李兰妮已摆脱了病魔,正在通往成功的康庄大道上时,2000年,在母亲的劝诫下,李兰妮趁着假期到肿瘤医院检查。"你的肿瘤恶化了,必须马上留院做检查!"医院专家诊治李兰妮后,皱着眉头说:"你怎么现在才来看病?你赶紧准备开刀做手术。"李兰妮这才意识到自己病情的严重性,赶紧准备手术的相关事宜。可是,

一直以来善良坚强的李兰妮并不想给家人、朋友多添麻烦,所以在手术后第二天,她就让亲友们离开医院,自己一个人同病魔继续抗争。一天凌晨两三点钟时,饥饿难耐的李兰妮从睡梦中醒来,她硬撑着虚弱的身体从床头柜里摸出了一块苏打饼干放到嘴里。可没想到,由于李兰妮身上插满了检测的管子,只能平躺着,所以还没等完全嚼碎,尖尖的饼干碎屑就卡在了嗓子里。李兰妮试着干咳几下,希望可以把卡住的东西咽下去,可由于身体不能动,她失败了。要强的她不愿意在深夜把人惊醒,于是,她索性就这么硬憋到早晨,等人来帮忙。可噩梦仍在继续。2002年的一天,李兰妮到深圳北大医院复诊,被查出患上了抑郁症!"是不是医院查错了?兰妮这样开朗的人也会抑郁?"很多亲友都不敢相信这个复诊结果。就连李兰妮自己也觉得这是不可能的事情:"我有什么可抑郁的?我这种人要是有抑郁症,全省人民大概都有吧。"可是,越是坚强的人在扛不住的时候垮得越彻底。日子一天天过去,李兰妮发现自己失眠越来越严重,对什么事情都毫无兴趣,还时常有自杀的念头。"轻伤不下火线,重伤不哭"的她在2003年4月真的扛不住了,不但常有跳楼的冲动,还总梦见死去的人跟她说话。李兰妮这才意识到问题的严重,开始吃药治疗。

从此,身患重度抑郁症和癌症的李兰妮不断地进行化疗和手术,长期与病魔殊死搏斗。在治疗过程中,她始终不忘自己的人生之梦,坚持写作。"兰妮啊,你还是安心养病吧,这么坚持工作图个什么呢?"李兰妮的母亲经常看见自己的女儿在病痛中依然坚持在书桌前默默工作,就忍不住说:"你这病,已经够累的了,你还老这样。"母亲说着说着就哭了起来。"妈!有时候活着比死更困难,但既然命运让我活着,是有未完成的使命要我去做。"李兰妮安慰母亲,"我想我的使命就是和癌症斗争,和抑郁症周旋,然后把自己多年来的心得写出来。"

"可是……"母亲又想说什么,却把话咽了回去。

"妈,你看!虽然病了好多年,可我现在不也正跟你正常地说话吗?所有的病痛都是对自己的磨炼,我应该发出哪怕是微弱的声音,让人们关注抑郁症。"李兰妮一边想着自己心中的梦想,一边笑着对母亲说,"你看我颈部这块长长的伤疤,有关专家用相机把它拍下来,作为手术失败的例子,在课堂上向未来的医生们展示,目的是让后来的人活得更健康、更平安。所以,我也有个梦想,就是让别人了解抑郁症、走出抑郁症,然后活得更开心、更快乐。"于是,李兰妮用文字大胆地袒露自己的病症,以作家和抑郁症病人的双重身份,详细记录自己的亲身经历和治疗过程。她

梦想自己的文字,可以让更多的人懂得抑郁症的相关知识,可以让更多的人理解抑郁症患者的心理世界,可以让更多的人解除抑郁症的魔咒。

2008年7月,凝聚了李兰妮多年与病魔抗争心路的《旷野无人——一个抑郁症患者的精神档案》终于展现在人们面前。李兰妮结合自己的体验,完全真实地呈现了抑郁症的症状和治疗全过程以及抑郁症背后的家族、社会和文化成因,还深入浅出地谈到了抑郁症的深层原因和深入治疗的措施。这本书因此成为中国第一部由抑郁症病人自己写的症状报告,第一部详细记录抑郁症患者精神历程的书。李兰妮还在2013年2月出版了《我因思爱成病》一书,用文字的形式介绍了她亲身经历的宠物疗法,向大众普及更多关于抑郁症的知识,让人们更加了解抑郁症的表现形态及防治方法。

李兰妮是患者,更是作家,她抗击病魔摧残,经受死亡磨炼,却活出了自己生命的价值。她让自己的梦想闪闪发光,点亮了自己也照耀了别人。她以坚韧不拔的意志写出的一份份精神档案,既是她生活的见证,也是她美好人生的承载。

知识链接

内伶仃岛 内伶仃岛原名零丁山或伶仃山,因独居海中得名伶仃山,是广东省深圳市西南面海域中的一座孤岛。内伶仃岛面积为4.84平方千米,岛内峰青峦秀,翠叠绿拥,秀水长流,保存着较完好的南亚热带常绿阔叶林。植物种类繁多,有维管植物619种,其中白桂木、野生荔枝等为国家重点保护植物;野生动物资源也十分丰富,主要保护对象为国家二级保护兽类猕猴,总数有900多只,此外还有水獭、穿山甲、黑耳鸢、蟒蛇、虎纹蛙等重点保护动物。1984年10月,我国政府将内伶仃岛和福田红树林两个区域连在一起,建立内伶仃岛——福田自然保护区,归属深圳市管辖。

※ ※ ※

不害怕痛苦的人是坚强的,不害怕死亡的人更坚强。

——[英]迪亚娜夫人

"中国作家富豪榜"背后的文学情

吴怀尧,中国作家富豪榜创始人。谈到他创建中国作家富豪榜的动机时,他说:"中国有 3000 多万留守儿童,5 到 14 岁的居多。我曾经在留守儿童群体做过 210 多份抽样调查,发现他们的父母回家,带的都是玩具,很少有人想到给孩子带书。原因有二:一是这些父母自己没有阅读的习惯,二是不知道该给孩子带什么样的书。也正是因为这样,我想通过'中国作家富豪榜',吸引全社会的关注,让人们意识到,阅读是可以改变人生的,作家赚钱更是天经地义。"

2003 年 6 月,正在读高二的吴怀尧因为书写了一张讽刺校长出手打学生的"大字报"而受到校长和部分老师的冷嘲热讽,血气方刚的他一气之下便动了退学的念头。父亲知道了儿子的退学念头之后百般劝解无效,索性决定让他出去闯一闯,认为儿子知道了社会的难处,就会安下心来好好学习了。于是,他跟儿子约定,在暑假期间,不依靠家中经济力量的支持,如果吴怀尧能凭自身能力挣得第一桶金,那就不再干涉他的决定。吴怀尧自信满满,爽快地答应下来。初生牛犊不怕虎,干劲十足的他第二天就动身去了武汉。为了早日摆脱束缚,尽快从事自己喜爱的工作,吴怀尧先找了一份推销化妆品的工作来掘"第一桶金"。头脑灵活的吴怀尧兢兢业业地进行市场调查,贴心地为客户着想,一个半月后,他将1000多元钱装入腰包中。回到家后,父亲看着这个浑身散发梦想光芒的孩子,终于决定任由儿子为了事业梦想出去闯荡。

得到父亲许可的吴怀尧在2003年9月上旬,再次去往武汉。这次,他住在姐姐家里,当起了"专业作家"。潜心写作时总是感觉不到时光流逝的速度,转眼间,已经是深冬。一天晚上,吴怀尧正在小书摊前浏览,机缘巧合,他遇见了到武汉修改《亲爱的苦难》的北京作家沙漠舟。经过一番深入的长谈后,沙漠舟觉得吴怀尧很有才华,认定吴怀尧日后定大有作为,当即建议他带着作品和梦想去北

京谋发展。

2004年农历正月初八,18岁的吴怀尧踏上了北上的列车。到北京后,他经历过住地下室、摆摊、睡大桥等许多磨炼。追逐梦想的旅途虽然坎坷,但是他心中始终有个闪闪发光的文学梦。有一天,吴怀尧路过一家文化公司门前,看见门口的报栏里贴有一份编辑招聘启事。大好机会!吴怀尧喜不自胜,第二天就带着自己的作品到这家文化公司去应聘。总编辑在仔细浏览了他的习作之后,笑着问了吴怀尧几个问题,不谙学术的吴怀尧不以专业的刻板理论作答,而用自己的理解和实践经验给了总编辑一份别出心裁的答卷。总编辑敏锐地察觉到这个年轻人身上的巨大潜力,便留下了吴怀尧做自己的编辑助理。就这样,既无学历也无相关工作经验的吴怀尧,开始了自己别样的文学人生。吴怀尧怀着对文学的一腔赤子之心,工作始终充满热情,事业也一路高歌猛进,仅在第二年,刻苦勤奋的吴怀尧便策划出版了一套10卷本的丛书,成为当时各大书店的畅销书。天资聪慧的吴怀尧终于迈出了自己梦想的第一步。

2006年6月,吴怀尧为了完成一本全面反映中国学生现状的调查报告深入湖北各个校园,对学生们的思想和学习生活状况展开深入细致的调查，积累了大量鲜活的第一手资料。可将自己掌握的丰富素材写成报告作品时，吴怀尧发现自己总达不到心中的完美目标。为此，在8月时，已是资深编辑的吴怀尧以实习生的名义走进了知名财经媒体《财经时报》的大门。注重实际工作能力的《财经时报》让吴怀尧写一篇报道，以此来粗略评估他的写作技巧和信息敏锐度。为了更好地迎接这场挑战，吴怀尧将目光盯在了同龄人中的商业新贵身上，并悄悄做好了案头准备工作。经过十几天的奋斗，吴怀尧将自己的心血凝结成只有一万多字的《80后新贵开始商业起跑》，他怀着忐忑的心情把这篇报道放在了主编的桌上。功夫不负有心人，三天后，也就是2006年9月16日，这篇文章一字未动地作为文化版的头版文章刊登出来，并引发了诸多文摘报刊和网站竞相转载。吴怀尧也凭此通过了《财经时报》的入门测验，成为《财经时报》最年轻的正式记者。

没过多久，一则关于先锋作家洪峰上街乞讨的报道震撼了每一个文化行业者。一时间，"写作没前途，趁早放弃"的玩笑话成为朋友们茶余饭后的谈资，这一言论深深刺痛了一直坚信"阅读改变人生，写作致富光荣"的吴怀尧。"作家本应该富于哲思、安于清高、乐于生活，

可现在为什么会沦落街头？本应该受人尊敬却又为何成为揶揄对象？"吴怀尧不断地思考着这一社会现象。对作家来说，他们创造的精神财富与物质财富究竟是一个什么样的关系？满是疑惑的吴怀尧想通过网络、书籍等了解中国作家的生存现状，却发现在各种平面和网络媒体上没有这方面的报道。因此，带着这份文学责任感，吴怀尧开始了调查工作：他先选择几个大城市的几十家大型书店作为调查根据点，在此基础上调查出当年畅销书目的作家名单，并从中选出名字重复次数最多的前25位。接下来，一一列出这些作家的作品，继而查询他们所有作品的印数，再根据出版界公认的版税税率，计算出这些作家一年内的版税收入。一个多月后，吴怀尧独立调查并一手制作的第一届"中国作家富豪榜"出炉，并刊登在2006年12月15日《财经时报》的头版头条。"富豪榜"新颖独到的切入点很快抓住了媒体的眼球。不到一天的时间，几乎全国所有门户网站都在首页显著位置挂出了这个榜单。紧接着，全国各地报纸也纷纷转载刊印，就连中央电视台和港澳媒体也开始报道，甚至美国媒体都对此展开了讨论。霎时，中国作家的经济收入变成了全社会热议的话题，"中国作家富豪榜"的出炉被评为当年最具影响力的文化事件之一。榜单的创始人吴怀尧也跟着一夜爆红,晋级为《财经时报》的封面报道记者,开始深入报道各种重大选题,撰写报纸的头版文章。

如今,追梦路上的吴怀尧一步一个脚印实现着自己的梦想,不但通过七届作家富豪榜将文学推向了人们注目的中心,还与朱大可、阎连科、何三坡、陈丹青等众多文化名人进行系列访谈对话,推出《贡献者:怀尧访谈录》,为捍卫文学贡献出自己的力量。这个满怀激情的中年男人每每谈起自己的文学传媒之路,眼里还会闪起激动的光芒,一如当年那个意气风发的少年郎。

中国作家富豪榜 中国作家富豪榜是连续跟踪记录中国作家财富的改变,反映中国全民阅读潮流走向的著名文化品牌。2006年,吴怀尧以"阅读改变人生,写作致富光荣"为口号,以推动全民阅读时代的到来与中国文化产业繁荣发展为目的自主创立"中国作家富豪榜"。目前,中国作家富豪榜分为"网络作家富豪榜""漫画作家富豪榜""外国作家富豪榜"和主榜"中国作家富豪榜"四大榜单。每一届排行榜的发布都是当年度最火爆、最热门文化话题

之一,受到全国读者持续关注,并被30位上榜当红作家的巨量读者群火爆热议。而上榜作家的主要作品也因此在各大书店获得了重点推荐,销量得到更大提升。这种现象还被出版界称为"中国作家富豪榜畅销效应"。

✾ ✾ ✾

　　一个人几乎可以在任何他怀有无限热忱的事情上成功。

　　　　　　——[美]查尔斯·史考伯

湾仔码头上的"水饺皇后"

"大寒小寒,吃饺子过年。"饺子一直以来就是深受我国人民喜爱的传统特色食品。每当提及这道中华美食的代表,人们总是津津乐道于它的每一步制作过程、每一种花式、每一种味道……可以说,在中华民族的饮食文化中,饺子无疑是不可或缺的,它的每一道工序也都蕴含着深厚的民族文化。而在"湾仔码头"水饺创始人臧健和手中,这几乎人人会做的美食传递着她对美好生活的向往,闪耀着她为梦想而执着的光辉。

1977年,臧健和看着逐渐长大的两个女儿,意识到是时候该让女儿和她们的父亲团聚了。于是,臧健和辞掉了在青岛医院稳定的护士工作,满心欢喜地拉着两个年幼的女儿投奔在泰国的华侨丈夫。然而,现实给母女三人开了一

个大大的玩笑,丈夫已经在泰国另娶妻生子。"我无法接受这种一夫多妻的家庭,为了自己,更为了两个女儿的前途,我只能选择放弃。"一向刚强独立的臧健和毅然带着两个女儿离开了泰国,"虽然我带着女儿离开了她们的父亲,但我也能靠自己的双手让她们过上幸福的生活,这就是我今后生活的梦想!"回国之后,几经辗转,母女三人来到了香港,选择这里作为她们未来生活之地,开启她们全新的生活之路。

　　初到香港时,臧健和母女三人挤在一个4平方米的小房间内,生活极其拮据。由于人生地不熟,再加上臧健和不会粤语,所以她每天只能干3份简单的体力工作,靠微薄的薪酬维持生计。懂事的两个女儿看在眼里疼在心里,她们想尽办法帮助母亲减轻负担,每天放学后争相抢着做家务。"每次我下班回家时,看着俩女儿在做饭、洗衣服,我就觉得改变她们的未来生活就是我的人生目标。"每当回想起当年的境遇时,臧健和总是动情地说道,"那时候的梦想很简单,就是要带着她们好好生活下去"于是,从早上6点到第二天凌晨1点,她从小时工到服务生,从清洁员到送货员,疲惫地行进在改变生活的梦想路上。终于,有一天她在酒楼做杂工时,因体力不支被人撞倒,摔成了腰骨裂伤。送往医院后,臧健和又被查出患有糖尿病,她不

得不放弃当时的3份工作！生存的乌云再次笼罩在母女三人头上,而当社会福利部门上门为她办理"公援金"时,臧健和谢绝了："我们母女三人确实不容易,也确实缺钱花,但我不能白拿这钱,我还是有劳动能力的。等我身体好了,我会继续带着女儿们靠自己的双手吃饭。我不想我的女儿们从小就靠白领政府的救济金过活,那样的话她们的心理会受影响的。"

天无绝人之路,事情的转机来源于臧健和朋友的一次探望。在医院,朋友和她谈起未来时,有口无心地说了句："你包的饺子那么好吃,干别的还不如卖饺子呢。"听到此语,臧健和如梦方醒,她立刻决定出院后到香港繁华的交通枢纽"湾仔码头"卖水饺。十几天后,臧健和自己钉了一辆木头车,推着就上路了,改善生活的梦想再次启程！从家里到湾仔码头短短20分钟的路程,臧健和却觉得这是她一生中走过的最漫长、最坎坷的道路。她的内心忐忑不安："虽然不少人在码头候船时用餐,食品小贩应该会有市场,但我的手工水饺会受这里人们的喜爱吗？"

"咦？阿姨,你卖的这是什么啊？好香啊！"几个从旁边运动场走过来的年轻人好奇地问臧健和,"我们在球场就闻到香气儿了！"

"北方的手工水饺！"臧健和自豪地说道,"小伙子们,

来一碗尝尝吧!"

……

"嗯!真好吃啊!再来一碗吧,阿姨!"这几个年轻人三下五除二地将煮好的饺子吃光,连连称赞。他们的称赞极大地鼓舞了臧健和的信心。几经努力,臧健和母女在水饺摊前忙碌的身影成为湾仔码头上一道动人的风景。臧健和的"湾仔码头"梦想也正在这每一天的苦难中渐渐起步、成长。

由于之前当护士经历,臧健和特别关注水饺的卫生问题。她每天都用消毒水清洁器皿,保证顾客买得安心,吃得放心,使他们真心爱上自己做的水饺。有了梦想的方向,前行的道路也就少了些昏暗。每天,从凌晨到深夜,臧健和一干就是十几个小时,直到晚钟回响,湾仔码头最后一班渡轮也靠岸了,她才收拾摊位回去。在长时间营业的过程中,细心的臧健和主动征求顾客的意见,慢慢地琢磨香港人的口味特点,然后动手改良,反复研究饺子馅的配方和面皮的擀制,不断创新自己包饺子的方法和饺子的样式,最终得到了香港人的认可。久而久之,她的手工水饺在湾仔码头的名气越来越大,前来买水饺的人越来越多。饺子不仅在码头上卖得好,也进了写字楼、酒店等高档场所。这时,臧健和意识到,自己的水饺应该在梦想之路上

走得更精彩,于是她采用"湾仔码头"这一梦想最初绽放的地方作为自己水饺的品牌。

随着影响力越来越大,臧健和开始带领"湾仔码头"水饺向企业转变。特别是对于一次重要机会的把握,让臧健和改善生活的梦想幻化出绚丽的彩虹。1982年,臧健和的一个朋友带着"湾仔码头"水饺参加了一个日本老板的宴会。老板挑食的小女儿看到臧健和的水饺就特别喜欢,一口气吃了20多个。商人的天性使得这位日本老板嗅到了商机,他认为"湾仔码头"是一个潜在的、可以大为推广的产品。很快,日本老板找到臧健和,要求参观一下她的工厂,提出与她合作。直爽的臧健和坦诚相告自己没有工厂,只是个无证经营的小贩。

"我可以帮你的水饺建立工厂。"日本老板打量着眼前的这位中国女性,"甚至可以拿你包的饺子到我们的百货超市去卖!"老板开出了极具诱惑力的条件。

"你给我这么多帮助,那你需要我做什么?"臧健和谨慎地问。

"很简单啊,把'湾仔码头'换成我给你指定的名字,包装也用我们的!"日本老板微笑着回答。

"那肯定不行!'湾仔码头'是我的梦想,我不能就这么把它丢掉,它就跟我的孩子一样!"

　　日本老板没料到会得到这样的答复,一时语塞。但商人的机敏让他迅速镇静下来,他和助手商议,经过几番谈判,最终,日本老板答应了臧健和的品牌要求,与这位为梦想而奋斗的女性开始合作。

　　臧健和守得云开见月明。"湾仔码头"水饺在日本百货的推广下,得以在数百家超市迅速、全面铺货,很快成为香港冷冻食品第一品牌,臧健和母女三人的生活也因此逐渐好转。但臧健和并未停止追求生活梦想的脚步。经过几年的经营积累后,她在1985年开了第一家自己的水饺工厂。

　　如今,"湾仔码头"水饺在臧健和的努力下,已经成功占领了香港10％的新鲜水饺市场和30％的强冷冻水饺市场。臧健和还带着改变生活的梦想在1997年开始与美国第一大冷冻食品公司——品食乐公司合作,投资2亿多元人民币在上海、广州建立"湾仔码头"水饺的生产工厂。在走向世界的"湾仔码头"背后,是被誉为香港精神代表的臧健和几十年坚韧不拔的努力与坚持。为梦想而拼搏努力的她也因此被人们赞誉为"水饺皇后"。

知识链接

湾仔码头　湾仔码头即湾仔渡轮码头（Wan Chai Ferry Pier），位于香港岛的湾仔海旁，邻近香港会议展览中心，是香港的一个渡轮码头。湾仔码头设有两条天星小轮（香港著名的渡海交通工具，是与香港电车、太平山山顶缆车齐名的拥有百年以上悠久历史的交通工具）航线，一条来往湾仔至尖沙咀的尖沙咀天星码头，另一条来往湾仔至红磡的红磡码头。由于现今湾仔码头的所在地即将被用作兴建中环湾仔绕道，政府计划将该码头拆卸，并于海堤北面建筑新码头。新码头占地约2200平方米。

❋　❋　❋

我们应当努力奋斗，有所作为。这样，我们就可以说，我们没有虚度年华，并有可能在时间的沙滩上留下我们的足迹。

——［法］拿破仑一世

黄怒波的传奇人生

已经构建了景区网络、分时度假网络、特种旅游网络3个体系的中坤集团,不仅在国内颇有影响力,而且已步入全球旅游业的知名品牌。中坤集团的创始人黄怒波,作为新一代儒商的代表,被评为"2011品牌中国十大年度人物"之一。不仅如此,他还成为全球第15个完成"7+2"计划的杰出人物。辉煌灿烂的人生就此展开,却鲜有人知道黄怒波背后的努力。

16岁那年,一个失去亲人的小男孩站在银川市附近的黄河岸边,想起因被打成反革命而自杀的父亲和在工地上意外去世的母亲,觉得人生和他开了一个大大的玩笑。生活一片灰暗,连基本的温饱都难以解决,有时甚至一饿就是好几天。看着眼前汹涌的波涛猛烈地冲击着坚硬的岸堤，他突然意识到："我不能一直这么下去，我得改变，我得摆脱生活的庸碌！"滚滚的黄河水在他面前仿佛劈开了一条道路，自此，他把自己的名字改为"黄怒波"，他如巨浪翻涌般的传奇人生也于此开始。

温饱是黄怒波必须首先解决的问题。于是，他去宁夏插队。勤奋劳作的黄怒波时刻不忘自己改变人生创造传奇的梦想，通过自学成为当地小有名气的知识分子，甚至还当上了村会计。18岁时，表现突出的他加入了中国共产党，并在1977年成功进入北京大学中文系读书。带着梦想的人生在一步步出现转机，波澜壮阔的人生经历在文艺化的色彩中丰富起来。从北大中文系毕业后，品学兼优的黄怒波进入中宣部，并在29岁时成为中宣部党组成员、干部局处长。一时间，大家都觉得眼前的黄怒波早已奋起，仕途一路畅通。然而，黄怒波越来越意识到自己所怀揣的创业梦想与眼前的工作并不相符，"我不想一辈子都在衙门大院里工作，司长、部长确实很值得大家羡慕，可那又怎样？我需要的是每天不一样的挑战和刺激，而不是现在的生活"。于是，工作了10年后，不顾亲友和领导的劝说，黄怒波怀着他的创业之梦离开了中宣部。

　　带着梦想和信念,黄怒波一点一滴从头做起:北京的名片印刷厂中有他的身影,改造办公楼的工地上留下他的汗水,宜昌的住宅设计中承载了他的辛劳,山西的宾馆投资中吸纳了他的智慧。付出总有回报,1995年,黄怒波终于创立了属于自己的企业——中坤投资集团。初见硕果,黄怒波欣喜万分,但他并没有就此止步。1997年,应担任黄山市黟县副县长的老朋友的邀请,黄怒波到宏村进行文化投资考察,开始了他旅游地产帝国的构建。眼光独到的黄怒波发现,有着800多年历史的古朴村落——宏村,作为明清徽派民居群落的代表,保存得相当完整,具有不可再生性。然而在当时,宏村这块黄金宝地却只是座破败的小村庄,并没有较好地开发和管理,年收入也只有几十万元。黄怒波敏锐地发现了宏村巨大的文化价值,于是当机立断,投资500多万进行宏村开发,把它改造成商业性质的度假山庄!决定一出,大家沸腾了:"咱们村子突然就这么值钱了?这么多年都没人来开发,他就能赚钱?"很多村民当时都不理解黄怒波这个决定,认为他肯定会做亏本生意,"这样的破村子在中国数都数不清,它还能值几百万?"就连中坤集团内部也对黄怒波的投资决定感到费解,认为他这是"诗意的冲动"。但早已认准目标的黄怒波力排众议,强势推行,使宏村开发得以顺利进行,并在项目实施的初期做了宏村的保护规划。随着项目的推进,精明的黄怒波慢慢结合旅游开发,将旅游与地产结合起来,陆续投资10亿元建设了奇墅湖国际度假村、奇墅仙境大酒店、中城山庄等多个度假地产项目,承接旅游度假和国际会议等各类业务。事实证明,黄怒波的梦实现了:仅一年的时间,宏村的门票收入就从原来的17万元突增到400多万元,之后的旅游收入更超过1000万元。到2000年时,宏村还被联合国教科文组织认定为世界文化遗产。黄怒波通过努力不仅保护了宏村的古建筑,而且提高了宏村人的生活水平,也实现了自己的旅游产业创业梦想。

　　创业只是他改变人生创造梦想的一部分。心有多远,梦想就能走多远。非常喜爱探险运动的黄怒波对登山一直情有独钟。那种在坚持中证明自己的坚韧与成熟,克服自己的懦弱与犹豫,实现"会当凌绝顶"的抱负正是他一直所追求的。怀揣着这份梦想,在攀登南极洲最高峰——文森峰遇到惊险时,他才能排除万难,化险为夷。当时,黄怒波和美国向导带着登顶成功的喜悦缓缓地走在下山的路

上。一段时间后,体力消耗过多的黄怒波感觉胸气阻抑、干渴难耐。"水……水……水……"心中无数个相同的声音缠绕在他的耳畔。突然,黄怒波一个箭步冲到美国向导身旁,迅速将其背包外的水壶抢过来,拧开盖子就要喝。"Stop!"没想到向导竟然紧紧抓住黄怒波的手。原来,文森峰管理处早有规定,尿液不准留在山上,每位游客必须将其带下山。而黄怒波"抢"过来的向导水壶正是尿液壶!向导见黄怒波的状态很差,决定在不远的地方搭建帐篷,让黄怒波休息。筋疲力尽的黄怒波躺在帐篷里,感到冰凉的身体开始不由自主地抽起筋来,随之而来的骨节疼痛像蚂蚁一样在全身游走。常年的登山经验告诉黄怒波,这是极地气温过低和自己体力消耗太大造成的。黄怒波意识到挑战内心怯懦一面的机会来了。于是,他索性深呼吸,任由身体疼痛。大概过了半个小时,黄怒波的情况有所好转,他缓慢地掰开了手指,立刻倒了杯热水喝下肚,又吃了块巧克力,体力慢慢恢复了。

　　同样的状况在黄怒波的登山生涯中并不少见。2010年,黄怒波从尼泊尔境内的南坡成功登顶珠峰,下山时起了雪雾,视线极差。黄怒波不小心一脚踩空,发生滑坠,大

块雪块跟着一起坠下。面对突如其来的危险,黄怒波从容地将右手猛地扎进雪里,使速度逐渐慢下来;接着,左手放开路绳把它扎进雪里,使身体慢慢停下来,避免了与大块冰块、岩石相撞。这种处理紧急事态的冷静和果断,超出一般人的想象。黄怒波时刻提醒自己,梦想就在前方。他在登山的危险中慢慢积累出沉着冷静的大气风度。虽然有过种种危险的经历,黄怒波始终没有停下登山的脚步。一直到现在,他仍旧坚持着自己创造奇迹的梦想,从登山探险中锻炼自己坚强意志和处变不惊的品质,又在商业投资中养成了大气从容的气度。是啊,梦想再大,路在脚下。黄怒波又一次向人们证明了梦想的价值。

"7+2" "7+2"是指攀登七大洲最高峰,并徒步到达南北两极点的极限探险活动。"7"是指珠穆朗玛峰、阿空加瓜峰、麦金利峰、乞力马扎罗峰、厄尔布鲁士峰、文森峰和查亚峰,即为七大洲最高峰。"2"是指南纬90°的南极点和北纬90°的北极点。探险者提出这一概念的含义在于,这9个点代表的是地球上各个坐标系的极点,是全部极限

点的概念,代表着极限探险的最高境界。从1997年俄罗斯人第一个完成"7+2"计划到目前为止的十几年间,全世界仅有十几人完成此项探险,他们中年纪最大的46岁,最小的32岁。其中中国的王勇峰、次落、刘建和黄怒波先后完成了该项壮举,使中国成为完成"7+2"计划人数最多的国家。

❋ ❋ ❋

勇敢的人开凿自己的命运之路,每个人都是自己命运的开拓者。

——[西班牙]塞万提斯

勇于攀登的"探路者"

一顶帐篷,一个户外运动梦想,牵起了一段情缘,引发了一段追梦传奇,成就了盛发强和王静夫妇的"探路者"户外用品事业。

出生于敦煌的盛发强从小就酷爱户外活动。中学闲暇时,他和几个志同道合的同学计划骑车到 76 千米以外的敦煌南湖水库露营。"既然是露营,那怎么能没有帐篷?"想到这里,盛发强和同伴们犯了愁:市面上的帐篷少且价格昂贵,而自己又没有经济来源,怎么办? 年轻人总是有无限创意。盛发强和朋友们决定用家里的床单自制一顶帐篷! 他们充满活力,说干就干,一顶外面是床单、里面是蚊帐的简易帐篷很快就做好了。然而,入夜后,他们

才发现自己做的帐篷进口很小,密封性差,人难以钻进去,蚊子却来去自如。整个晚上,盛发强都在和帐内的蚊子"斗智斗勇",无法安稳入睡。可这顶失败的帐篷却使盛发强产生开发户外用品的梦想。

大学毕业后,盛发强入职铁道部第一勘测设计院。由于工作需要,他经常到兰州附近的山上搞大地测量和地形测量,因而他更深刻地了解到户外用品在严峻环境下的特殊功能,决定将户外用品开发作为自己的事业。然而,设计院按部就班的工作显然成为热爱户外运动的盛发强实现梦想的阻碍。一年后,他辞职下海,来到了广西北海。为了能将户外用品梦想变为现实,盛发强充分考虑了自身情况后,决定先在社会上立足以积累经验,于是他在一家小型的印刷厂做推销员。半年后,奋发图强的盛发强自己开了家印刷公司,专门针对高档饭店做无碳复写纸印刷业务。为了尽快积累公司资本,也为了发展当地大酒店的客户群,盛发强专门到报社学习排版流程和版式设计,并骑着自行车到每个饭店推销自己的印刷成品。辛勤的汗水浇灌出成功的硕果。由于交货及时、排版考究,盛发强第一个月就赚了3000元。也就在这个

时候,他遇到了未来人生的伴侣王静,两个喜爱户外运动的人一拍即合,走到了一起。

王静从小就不喜欢待在家里。她经常和朋友们上山摘野果,爬树掏鸟窝。初中毕业后,王静就读于子弟学校的幼师班,学业还没有完成,她就不顾父母的强烈反对,放弃了将来可以端上"铁饭碗"的幼师学业,独自奔赴千里之外的北海参加工作面试,希望可以借此踏上她的户外运动梦想之旅。初到北海,为了维持生活,王静到一家酒店做餐厅服务员。一个月后,凭借不怕苦不怕累的踏实劲儿,她升职为领班,并参与酒店专门的员工培训。

就在这家酒店,不到20岁的王静与前去跑印刷业务的25岁的盛发强相遇了。因为有相同的户外运动梦想,两颗年轻火热的心贴近了。随后,王静加入了盛发强的印刷公司,成为跑业务的主力军,开始了全新的人生。

最初的创业为这对满心梦想闯荡世界的刚结婚的小夫妻带来了一些积蓄,但他们并非"小富即安"的人,户外运动的梦想一直在他们心中萦绕,他们不断寻找能激发梦想"火种"的新机会。1994年,在"全国专利新产品博览会"上,盛发强与王静发现了心中的"火种"项目——折叠

式休闲帐篷。夫妻俩被这种专业帐篷深深吸引,随即与专利拥有者谈判,以5000元购买了专利使用权。此时,一直潜藏在夫妻二人心中的户外梦喷薄而出。他们来到江苏泗阳向发明人学习如何制作这种帐篷。从手工裁剪到缝纫机缝制,再到组装成型,每一个环节这对年轻夫妻都亲自操作,第一批折叠式休闲帐篷诞生了。备受鼓舞的盛发强夫妇1995年注册了北海天惠旅游用品有限公司,专门从事折叠式休闲帐篷的设计生产。可是,折叠式休闲帐篷要如何卖出去呢?没有客户群的夫妇俩选择在北海著名的风景区银滩做"小摊贩"。

"你们的帐篷这么结实,咋不去南宁卖啊?"正当"摊贩"盛发强夫妇为帐篷销售发愁时,一名北京游客向他们说,"那儿不是正在举办文化体育用品博览会吗?"听到这个消息,盛发强和王静马上带上帐篷连夜赶到南宁,在那里展示他们的帐篷如何搭建、如何拆卸,激起了参观者的极大兴趣。当天,他们接收到来自全国的大量订单,他们朝着梦想迈出了一大步!在这以后,哈尔滨、西安等地的各类展会都留有夫妇二人展示帐篷的身影。夫妻俩从产品的选料、设计到联系生产厂家、产品销售,每一个环节都力求做到完美。"帐篷也能撑起一片天",他俩认识到,是时候让帐篷点燃的梦想火种走出北海,推向更大更广阔的空间了。为此,他们决定北上发展。

1999年初,在北京香山巨山农场附近的两间小平房里,伴着热闹的爆竹声和数位朋友的祝福,盛发强和王静夫妇的新公司——北京探路者旅游用品有限公司开张了。夫妻二人看着"探路者"三个字,脸上止不住漾起幸福的笑容,这笑容既有共同梦想的支撑,也受到创业激情的滋养。梦想与热情总是创业的助推器,在二人的努力下,"探路者"的发展速度超乎想象。第二年"探路者"的产品种类就由单一的户外帐篷扩展至睡袋、背包、充气垫、折叠椅等,随后又涉足衣服和鞋类。如今,"探路者"早已在创业板上市交易,它的产品拓展为1000多种户外产品系列,专卖店遍布全国200多个大中城市,成为国际一流的户外休闲用品品牌运营企业。

20年来,盛发强和王静在追梦的旅途共尝艰辛与甘甜。在爱情与事业的交织中,夫妻二人一路携手,演绎了追逐户外用品梦想的"探路者"奇迹。

敦煌 敦煌是甘肃省酒泉市辖的一个县级市,位于甘肃、青海、新疆三省(区)的交会点。敦煌境内东有三危山,南有鸣沙山,西面是沙漠与罗布泊相连,北面是戈壁与天山余脉相接。南北高,中间低,自西南向东北倾斜,平均海拔不足1200米,市区海拔为1138米。此外,敦煌位于古代中国通往西域、中亚和欧洲的交通要道——丝绸之路上,曾经拥有繁荣的商贸活动,并以"敦煌石窟""敦煌壁画"闻名天下。敦煌还是中国的国家历史文化名城,在1987年被联合国教科文组织列入世界文化遗产保护项目,并在2012年成功入选"2012年度中国特色魅力城市200强"。

✤ ✤ ✤

不安于小成,然后足以成大器。

——(明)方孝孺

为爱"涅槃"创奇迹

2011年4月14日,作为"全球十大网商"的竞选者,孟宏伟在阿里巴巴总部演讲台上,激昂地说:"有梦不觉人生寒!我坚信人生处处有奇迹……"台下数千人无不被他的事迹所深深震撼,对他的演讲报以阵阵热烈的掌声。他的成功之路也成为人们竞相讨论的话题。

1994年,孟宏伟考上了东南大学电子商务专业。然而,开心之余,孟家这个贫困的山村农民家庭为数额颇大的学费犯了难。这时,15岁的弟弟孟伟强主动要求辍学打工,供哥哥读书。孟宏伟感动万分,决心把家庭的幸福生活作为自己奋斗的梦想,不辜负家人殷切的期望。毕业后,孟宏伟在泰安市公路局谋得助理工程师的工作,并在2000年有了自己的家庭。想起弟弟为自己放弃了未完成

的学业,孟宏伟始终想为弟弟找一份薪资可观的工作。鉴于弟弟孟伟强年富力强,孟宏伟便把他介绍到自己单位下属的一个混凝土搅拌站当操作员。本以为日子就可以这样安稳地过下去,可是生活总是一波未平一波又起。先是弟弟孟伟强在操作车间不慎摔倒,被巨大的搅拌机压住而失去了右臂;紧接着,2001年12月的一个晚上,孟宏伟在驱车回家看望生病的妻子时又遭遇车祸,导致高位截瘫,胸部以下全部没有知觉。高昂的医疗费再次让这个本不富裕的家庭陷入了黑暗的泥沼。这时妻子要求离婚。看着日夜为家庭操劳的父母日渐消瘦的身体,孟宏伟的心如针扎般疼痛。他躺在病床上,看着斑驳的天花板,含着眼泪暗下决心:"我不能就这么活下去!我一定要想办法挺下去,让这个久经磨难的家庭好起来,让家人过上幸福的生活!"

  梦想仿佛是黑夜里的灯塔指引着孟宏伟人生的前进方向。没有了双腿,他决定用手和大脑挣钱。和许多为生活打拼的创业者一样,奋斗的初期总是充满各种煎熬。写作、投稿、学漫画、开网吧……汗水堆积在他因疲惫而越来越凹陷的眼窝,蜇痛着他的神经,日子却并没有像预期般顺畅,孟宏伟不仅没有实现梦想,反而因学习和运营欠下了债。"难道我就要这么活下去?可是,弟弟怎么办?父母怎么办?"躺在病床上的孟宏伟内心挣扎着,一时间,他不知该何去何从……

峰回路转,否极泰来。2006年6月的一天,幸运女神终于光临了这个被生活一再刁难的贫苦家庭。这天在畜牧研究所工作的大学同学吴峰来看望久病的孟宏伟。聊天中,孟宏伟得知济宁牛羊资源虽然丰富,但由于散户养殖、缺少品牌、信息不畅,并没有多少商家前来购买。说者无心,听者有意。吴峰走后,孟宏伟对济宁牛羊资源的营销产生了兴趣,并制订出一个大体的计划。再一次踏上追梦的旅途,孟宏伟吸取了前几次的失败经验,他不仅在网络上充分收集有关山东牛羊销售的信息,还给自己估算了事业起步的小小"成本",即一个网页、一台电脑、一根网线和养殖方面的知识。梦想的曙光在他的心头闪耀,带着这股奋斗的力量,孟宏伟马不停蹄地开始实施自己的计划。经过一段时间的努力,孟宏伟终于做出了网络销售牛羊可行性方案,紧接着,就是寻找合作对象的问题了。

然而,残缺的身体让孟宏伟在梦想的路上每前进一步都异常艰难。弟弟孟伟强用轮椅推着他去济宁寻找合作的过程中不断碰壁。此时的孟宏伟由于长期卧床缺少锻炼,体重已经达到160斤。孟伟强用仅存的左手推着哥哥的轮椅艰难地一步步向前走,在进农场的散砂石路面上留

下深浅不一的车辙和脚印。一家养殖场老板在听了孟家兄弟的销售方案后拍着孟宏伟的肩膀说道:"兄弟啊,你资料整理得挺全,这个设想看着也不错,可是我这儿应该不用这么干,老觉得不太放心。"更有老板在听了孟宏伟的计划后说出这样一番话:"要不这样吧,你俩过来一趟也不容易,这点钱拿着出去买点吃喝的,也算是没白来!"老板一边说着一边从上衣兜里掏出200元钱打算塞给孟宏伟。要强的孟宏伟不可能接受这份类似施舍的同情,他让弟弟推着他出去,继续寻找下一家。这时,雷阵雨毫无征兆地下了起来。孟宏伟的轮椅被路上的土石卡住,一动不动。瘦弱的孟伟强使出全身力气猛地一推,却把轮椅推翻在地……

　　淋雨后,孟宏伟因发高烧再次住进了医院。为了治病,家里又欠下了一大笔钱。"哥,要不咱们就此打住吧!网络销售牛羊在咱这儿都没有先例,估计不会有人支持咱们的!而且,你的身体又……"孟伟强看着病床上的哥哥心疼地说道。"这怎么行?事情还只做了一半!我好些了再重新找资料,重新计划网络销售牛羊的报告,就不信没有养殖场主肯接纳。"孟宏伟大声说,"咱哥俩说什么也得让这个家幸福起来!"

　　经过许多次失败和忍耐,孟宏伟的不懈坚持终于得到了回报。2006年8月,孟宏伟坐在"山东大地牧业基地"

老板肖涛面前。从牛羊的养殖谈到市场的行情,从目前的客户群体分析到网络的销售特点,孟宏伟的每一个字、每一句话都承载着他的梦想,都感动着眼前的这位老板。"好!我真没想到你有这么好的规划!"肖涛听完孟宏伟的陈述后拍着手说道,"那咱们还等什么?赶紧一起试着干啊!"孟宏伟喜出望外,连夜开始制作网页。时值盛夏,孟宏伟每天在床上一坐就是四五个小时,汗水一颗一颗滴在键盘上,常常把键盘弄湿,必须过5分钟就用毛巾擦一遍。每个难熬的日日夜夜,孟宏伟都不断鼓励自己说:"加油!梦想就快要实现了!"常人难以想象的困苦的日子孟宏伟都咬牙撑了过来。经过13个日夜的努力,孟宏伟终于把网页做好了,将牛羊信息发布上去。他还日夜守在电脑前,等待着每一个可能出现的潜在客户。可是辛苦了近一个月,还是没有一个电话。这时,耐不住性子的肖涛打来了电话:"孟兄弟啊,你给我说的网络销售到底能不能行呀?你可别光把话说得好听啊!要是实在不行,我找别人合作了。"孟宏伟苦苦央求,最终达成协议。两个月!两个月后,肖涛再考虑是否与孟宏伟进行网络销售合作。

2006年10月的一天,"叮——"一个来自河南的电话让守在电脑前的孟宏伟顿时精神振作起来。"我想问问你在网上说的销售牛羊是怎么回事?"电话另一端一句简单

的询问为孟宏伟的梦想带来了希望之光。孟宏伟强压着因兴奋而狂跳的心脏,深吸了一口气,然后镇定地回答对方提出的每一个问题。"哦,这样啊!那我再考虑考虑!"河南男子在听完孟宏伟的回答后说,"以后有需要的话,再联系。"说完,男子挂了电话。孟宏伟原本激动的心情马上平静了下来,但他并未因此灰心。为了对方电话里最后一句"以后有需要的话,再联系",孟宏伟便隔三岔五地把自己掌握的牛羊信息发送到对方手机上。坚持了一个多月后,孟宏伟再次接到这位男子的电话:"你每次给我发的牛羊信息都很有用啊!我打算从你那儿买300只羊,你看咋样?""没问题!"孟宏伟紧紧抓着电话,他仿佛已经看到幸运之神降临在这个饱经风雨的家庭了。一分耕耘,一分收获。孟宏伟在完成第一笔交易后,火速将赚取的提成用到生意的开拓和客户的维护方面。他开创的牛羊销售网页的知名度也不断提升,越来越多的客户开始打电话向孟宏伟咨询相关信息。

　　冬去春来,时间一点点流逝,孟宏伟在网页上也不断接到来自全国各地的订单,业务量逐渐增大,一家人的生活也因此慢慢宽裕起来。2009年,孟宏伟为一直任劳任怨的弟弟操办了隆重热闹的婚礼。2010年,孟宏伟又增加了卖驴的业务,资产扩充到近200万元。

孟宏伟用他的拼搏和坚持,书写了一段不平凡的人生。一个坐在轮椅上的残疾人,竟能把生活过得如此精彩!而做到这一切,最大的动力是孟宏伟始终不忘的梦想。

电子商务　电子商务是在因特网开放的网络环境下,在全球各地广泛的商业贸易活动中的一种新型的商业运营模式。可以说,电子商务是以商务活动为主体,以计算机网络为基础,以电子化方式为手段,在法律许可的范围内所进行的商务活动交易过程。电子商务中买卖双方不当面地进行各种商贸活动,却能实现消费者的网上购物、商户之间的网上交易和在线电子支付以及各种商务活动、交易活动、金融活动和相关的综合服务活动。

※ ※ ※

如果你足够坚强,你就是史无前例的。
——[美]弗朗西斯·斯科特·基·菲茨杰拉德

为亲情而奋发

在 2010 年冬季奥运会 1500 米短道速滑赛上,周洋成为中国历史上最年轻的冬奥冠军。站上领奖台的那一刻,这个坚强的小女孩含着眼泪说了一句:"爸爸妈妈,谢谢你们!"是啊,很多人的生命都在秒针、分针、时针不停歇的转动中转成无数平凡而又微小的日子,最终汇聚成时间的长河。然而,有一股力量随着河水的流淌始终以你的世界为轴,不管你往哪个方向,它都伴着你走。这就是亲情的力量。当你畅想登上远方的高峰时,当你无所顾忌地奔向大海时,当你淋着雨徘徊在路口时,亲情始终都是你力量的源泉,催你前行,助你坚强。

1991 年 6 月 9 日,活泼健康的周洋出生在吉林省长春市光机研究所家属小区,父亲周继文、母亲王淑英在欣喜的同时,也为周洋未来的生活犯了愁。在这个清苦的家庭中,周继文一直没有稳定的工作,王淑英多年前已从长春市机械厂下岗,再加上腿部有残疾,家里的生活一直十分拮据,女儿的出世让原本不宽裕的生活更加捉襟见肘。为了养家糊口,王淑英用仅存的一点积蓄买了一台老式的"牡丹"牌编织机,通过给别人织毛衣来赚一点儿手工费;周继文则四处"打游击",白天在周围小区和学校贩卖汽水和冰糕,晚上就到饭店里做配菜工。就这样,一家人靠夫妇二人微薄的收入勉强度日,周洋也一天天长大。1999年7月,周洋进入长春市光机子弟小学读书,越来越懂事的她一心想为家里分担重任。在学校举办的秋季运动会上,颇善跑步的周洋为了让辛劳的父母感到欣慰,就一口气报了100米和200米两项田径比赛。跑道上,周洋一边想象着父母在微笑一边飞快地奔跑,连续夺得了这两项比赛的第一名,初次显露出自己运动上的天赋。

令周洋意想不到的是,来学校拜访故友的崔顺子偶然见到了自己在赛道上杰出的表现。作为冰雪名将叶乔波启蒙教练的冰坛名宿崔顺子,意识到这个女孩在滑冰上有很大的潜力,打听着来到了王淑英家,表示要收周洋为徒。"要做运动员可不是件容易的事啊!而且,长时间、高强度的体育训练会不会让孩子在晚年落下病根儿?"热心的亲

友们劝诫母亲王淑英,就连周洋的父亲内心也在纠结:"8岁的孩子去练滑冰有点儿晚了,再说咱们家又不富裕,要不要在这上面再多花钱呢?"但母亲意识到这是周洋的一次成长机会:"让洋洋去滑冰只是为了锻炼身体,为什么要给她这么大压力?"终于,在母亲的坚持下,周洋成为崔顺子的一名学生。起初,由于周洋加入的是崔顺子的三线业余队伍,所以她只能在下半夜两点钟上冰。为了让周洋学得更快,负责接送的父亲周继文把从长春五环体育馆到家里的这段距离利用起来。每次父女俩走在这条2000米长的路上时,周继文把在崔顺子课上看到的、学到的不厌其烦地说给周洋听。女儿每次都认真倾听并高水准地完成各种动作,这令周继文心里有一种说不出的幸福感。

  学习滑冰自然离不开滑冰鞋,而一双质地良好的滑冰鞋得上千元,这对拮据的周家来说是个沉重的负担。因此,懂事体贴的周洋常借别人的滑冰鞋或者教练用旧的滑冰鞋来穿。鞋码大了,她就将带子系紧些;鞋码小了,能将就穿上去她就绝不丢掉。甚至有时因为鞋小,训练一天后,她的脚上起满了血泡。为了不让家人担心,周洋咬咬牙,一直隐瞒着不说。半个月后,周洋脚后跟严重磨伤出血,有的出血部位还导致溃疡,连骨头都露出来了。王淑英看到这一切后,眼泪止不住地流。善良懂事的周洋总是安慰母亲说:"妈,没事的!训练的时候根本感觉不到疼。再说,以后磨成茧子就不会再有泡了嘛!"小小的她也有一个小小的梦想,早日学成为爸妈分担家里的负担。父母永远是最心疼孩子的人。王淑英懂得一双合脚的滑冰鞋对于女儿的重要性,她就把替人织毛衣的工作留到晚上做,把白天的时间空出来去卖冰糕,尽可能地增加一点收入。一段时间后,她还听从亲友的建议,把家里的屋子腾空一间,借钱来办了个彩票投注站。终于,王淑英花了800元的积蓄为周洋买了一双六成新的单排滑冰鞋。拿到滑冰鞋的周洋感动得说不出话,强忍住泪水的她高兴地拥住父母喊道:"爸妈,谢谢你们!谢谢你们给我买鞋!"此后,周洋更加努力地练习。功夫不负有心人,2006年初,周洋因成绩优异入选国家队。出发在即,王淑英周到地帮周洋收拾好每一件物品,语重心长地对女儿说:"洋洋,学滑冰不容易!国家队又是个藏龙卧虎、能人辈出的地方,你要想出头,就得比别人多付出、多努力。不过,你也别给自己太大压力,出什么事有妈担着呢!"周洋含着眼泪使劲点了点头。她想,梦想终于能见着一点微光了。

带着母亲的嘱咐,周洋进入了国家队。2007年11月,国家短道速滑队来到长春远郊进行冬训,家长们按捺不住内心的思念,纷纷跑到训练馆给自己的孩子送去营养品和衣物。而穷苦的周继文夫妇为了给周洋带几件好看的新衣服和质量好的日用品,省吃俭用几个月后才去看望心爱的宝贝女儿。

后来,由于拆迁,王淑英的彩票站越来越不景气了,连应付最基本的生活都不容易。但每次和周洋通电话时,王淑英都很"骄傲"地告诉女儿说:"最近我跟你爸一直在忙一单大买卖,做完能大赚一笔。邻居们都羡慕得不行!"她的话让懂事细心的周洋稍有点疑惑,于是在2008年10月,周洋借比赛机会带着队友王濛一起回到家里。本来想给妈妈一个惊喜的周洋,却意外地发现了"不一样"的家。满楼的住户中,只有自己家还是油漆斑驳的木头门窗,更让人震惊的是屋内的家具极其简单,除了两条老式长条凳和一台蒙了一层灰尘的彩票机外,其余的多是散乱的破旧杂物,人甚至无法在屋内自由行走。周洋扫视了一遍屋子后,才发现父母平时只用一个小电磁炉来做饭。这时,王淑英推门而入,猝不及防的她看着眼前的女儿支吾道:"洋洋,爸妈这几天在外面接了大活儿就没怎么顾家,也不知

道你回来,就没买吃的。你和王濛去馆子吃吧!"周洋的眼泪止不住地往下流,她在心里暗下决心:"妈妈,总有一天,我要像王濛姐一样,站在最高领奖台上,让您的生活变好!"

这样,带着回报父母的梦想,带着母亲的期望,带着对幸福生活的憧憬,铁打一般的周洋承受住了令人吃惊的超强度训练,一路颠簸一路奋进,终于在冬奥会上打破韩国选手连续两届获得金牌的垄断,成功坐上了冠军的宝座。赛后,周洋激动地说道:"我要让爸爸妈妈生活得好一点。"周洋的泪光诠释着亲情的力量,不仅感动着每一位观众,也见证了一个幸福家庭的存在。

知识链接

冬季奥运会 冬季奥运会即冬季奥林匹克运动会(Olympic Winter Games),简称"冬奥会",是国际奥林匹克委员会主办的世界性冬季项目运动会。1924年第八届奥运会前,在法国的夏蒙尼举行国际体育周,并进行冬季运动项目比赛。1925年国际奥委会布拉格会议决定每4年举行1次这类运动会,并将夏蒙尼国际体育周作为第一届冬季奥运会。目前,冬奥会比赛项目主要有冰球、冰壶、滑冰（速度滑冰、花样滑冰、短道速滑）、滑雪（高山滑雪、越野滑雪、跳台滑雪、自由式滑雪、单板滑雪、北欧两项）、现代冬季两项、雪车、钢架雪车、雪橇。2002年美国盐湖城冬奥会中，我国短道速滑选手杨扬为中国实现了冬奥会金牌零的突破。

❋ ❋ ❋

奋斗以求改善生活，是可敬的行为。

——茅盾

"千里之行"为寻亲

2011年10月中旬,一条寻亲微博这么写道:"懂事起,我就想找到父母,但一直没敢向别人透露。直到收获残运会首金,渴望见到父母的心情更加强烈……"消息一出,迅速传遍网络。发这条微博的人就是第八届全国残疾人运动会首枚金牌得主江建。但没有人会想到,这位坚强自信的冠军,早在21年前却因患小儿麻痹症被父母遗弃。支撑他以残疾之身迈进大学校门并摘得残运会桂冠的,正是那份渴望重获亲情的梦想。

1988年5月26日,江建出生在浙江省温州市鹤溪镇一个普通农民家里,父母为其取名叫陈艺。在父亲陈叔国、母亲余丽辉的精心照料下,乖巧听话的陈艺变得越来越聪明伶俐。然而,就在陈叔国和妻子幸福地憧憬未来

时,一场突如其来的灾难降临在这个普通的家庭身上。一天晚上,原本熟睡时安静可人的陈艺突然醒来并哭闹不停,陈叔国一摸才发现,陈艺全身像火炉般滚烫。于是,他赶忙将儿子抱到村卫生所。可是,一连诊治数天后,小陈艺病情并没有好转。手足无措的陈叔国和余丽辉只得带小陈艺去镇上的医院进行检查。"哎呀!这孩子的情况不太好啊!"镇医院大夫拿着检查报告皱着眉头说,"要不你们去大医院再进行详细的检查看看?"就这样,焦急的陈叔国和妻子抱着小陈艺往温州市儿童医院赶去。小儿麻痹症!薄薄的一页诊断书却像万吨石块压在了陈叔国夫妇的头上!为了给陈艺治病,陈叔国夫妇四处借债,可陈艺的病依然没有丝毫好转。热心的朋友得知此事后,就向陈叔国推荐了杭州市一家医疗水平很高的医院,希望他们在那里可以治愈小陈艺。如获至宝的陈叔国和妻子便马不停蹄地抱着儿子赶往杭州。然而,事情并没有预期的那样顺利。在杭州医院里,仅常规的检查费用就要700元,而此时陈叔国的口袋里只剩下了最后500元钱。无奈,他只好商量着让妻子回家筹钱,自己则抱着儿子留在杭州继续等待。

踱步在医院的走廊里,陈叔国看到一个个患小儿麻痹症的大龄患者无法独立行走后,他的心深深地沉入了绝望的湖底。抱着儿子在招待所住下来后,陈叔国心里百感交集,一方面苦于儿子的病难以根治,一方面又为儿子的未来担心不已。"如果儿子遇上一户好人家,也许能改变命运。"陈叔国心想。第二天一早,陈叔国在街头买了一块棉布,一边流泪一边颤抖着用毛笔在上面写下模糊的线索:"我是南方陈家村人氏,今年阴历十一月下旬孩子不幸患上小儿麻痹症,在当地医院治疗至今,共花一千多元。今天我做父母的实在走投无路,没钱给孩子治疗,眼看孩子将终身留下残疾,不得已将孩子委托给国家或有善心的人抚养,使孩子可以活下来。若能给孩子解除一点痛苦,我们死也瞑目,来世再报恩德。"然后他把儿子抱到了杭州火车站附近,从身上仅有的500元钱中拿出了320元塞在儿子身上,将写好的信裹进妻子为儿子亲手织的衣服里。从车站回来,陈叔国泣不成声,毕竟这是他的心头肉啊!他在心里不停地说:"儿子,去找个好人家吧,爸妈对不起你。"泪水沾满了他胸前的大衣。

从此,陈艺与父母分别了,这一别就是21年……

陈艺后来被路过的中年妇女濮素贞发现。濮素贞看到被棉布包裹着的小陈艺不但发着高烧,双腿也有些异常,而附近却找不到孩子的任何家人,她就赶忙将小陈艺抱到杭州市第一社会福利院。福利院给这个命运多舛的

孩子取名叫江建。从此,江建开始和一群有着类似命运的孩子生活在一起,度过了他懵懂的童年。

时光荏苒,江建开始在小学读书了。因为学校的厕所离江建的教室有十多步楼梯,所以细心的老师就嘱托江建的同桌,每当下课时,尽可能地扶着江建上厕所。可是自尊心较强的江建不但坚持独自上厕所,甚至还拄着拐杖活跃在操场上。因为在他心里始终有一个信念:一定要活得像正常人一样,一定要找到自己的父母。当同学们眉飞色舞地说起父母的趣事时,当同学们骄傲地拉着父母的手来学校开班会时,江建总会默默地躲到一边,静静地看着他们,流露出无比羡慕的神情。江建13岁时,经福利院介绍住进了福利院副院长的父母家中。家庭的温暖第一次降临到江建身上。在这里,深得"爷爷"和"奶奶"喜欢的江建虽然行动不便,却经常帮他们做力所能及的家务。当"爷爷""奶奶"称赞他时,江建脸上总会露出幸福的笑容。然而,在笑容的背后,江建又会想起自己的父母,内心充满苦涩。

一天清晨,江建刚摇着轮椅出门上学,就突然下起了暴雨,慈爱的"爷爷"决定背着江建去上学!江建撑着伞趴在"爷爷"宽厚的背上,一股温暖的感觉如电流般触动他的每一根神经,他终于忍不住说:"爷爷,你知道我的爸爸妈妈在哪里吗?我要怎么才能找到他们?"老人不想让江建

失望，只好安慰他说："要找到你的父母其实也不难，前提是你要努力学习，成为一个有出息的人，到时再找父母就容易多了。""嗯，那我将来就当科学家……"雨打在伞面上噼里啪啦地响着，江建心里对父母的思念愈加浓烈。

2009年，江建考上了离福利院较近的杭州江南专修学院。不久，福利院的工作人员给了江建一个档案袋。袋里有一块泛黄的棉布和一张红纸，正是当年江建父亲留下的。这一天，江建知道了原来自己姓陈，是陈家村人。他拿着棉布，体会到父母难言的苦楚，不禁泪流满面。福利院的一位保育员告诉江建，他当年是被一个好心的阿姨捡到送往福利院的。第一次得知与自己身世有关的事，江建觉得找到父母的梦想之路明亮了起来。然而，当江建根据这些线索动身寻找父母时，却发现叫陈家村的地方有几百个。一时，寻找到父母的希望之光再次变得微弱。不久后，2010年第八届残运会的全国选手选拔开始了！"咦？这个机会或许可以让我走到全国各大电视台的台前去寻亲，我的父母说不定还能在电视上看到我呢！"一直梦想找到父母的江建意识到这可能是个好方法，于是果断地报名参赛了。江建如愿通过了考核，入选了浙江省代表团的射箭队。在射箭队里训练备战，江建将全副精力投入训练当中，他想，或许自己的父母此时正在某个角落里静静地看

着他的一举一动呢。2011年5月26日,江建在队友们的祝福中度过了自己的23岁生日。但此时依然没有人知道,这个坚强的队友心中一直埋藏着找寻父母的梦想。

荣耀的一天来临了!第八届全国残运会部分比赛项目在杭州提前开赛,在最先进行的男子复合弓50米单轮赛项目上,江建以327环的优异成绩夺得桂冠,获得了本届残运会的首枚金牌。紧接着,在残运会开幕式前一天,江建作为一名光荣的残运会火炬接力手,亲手点燃了圣火盆。此时,江建知道是该把积压多年的梦想坦诚公布了:"爸、妈,你们在哪里?或许小时候的我不懂事,给你们添麻烦了。但如今我已经长大了,懂事了,我能懂你们的苦衷。我一点都没有怨恨过你们,一直以来,我特别希望能看看你们,哪怕只见一面,我也就没有遗憾了……"瞬间,成千上万的网友被江建的寻亲梦想所感动,他们纷纷伸出援助之手,媒体也迅速地加入为江建圆梦的行列中。就在当天晚上,一对温州的夫妇联系上江建,表示自己正是他苦苦寻找的父母。

第二天,也就是2011年10月20日,前来认亲的陈叔国和余丽辉在江南专修学院会议室见到了江建。夫妇俩泣不成声。"儿子!"随着陈叔国的一声呼唤,一家三口终于紧紧地抱在了一起。"从今往后,咱们再也不分开,咱们一家三口要永远在一起……"梦想实现后的江建激动得直点头:"我终于找到自己的家了,终于见到爸妈了!"休整一晚后,一家人就一起回温州的老家。一路上,阳光暖暖地照进车窗,江建紧紧握住父母的手,这一次,他总算实现了自己长久以来的梦想,让幸福如影随形……

全国残疾人运动会　全国残疾人运动会是我国从1984年开始举办的综合性残疾人运动会。如今,我国残疾人事业迅速发展,推动着残疾人体育工作的开展。全国残疾人运动会已形成每4年举办1次的制度,并成功举行了8届,这对进一步开展残疾人体育活动、提高全民素质、奠定我国体育大国地位起到了一定的作用。

哀哀父母,生我劬劳。

——《诗经》

真爱创造生命的奇迹

罗金勇是云南省临沧市永德县的一名警察。在一次抓捕毒贩的行动中,由于意外,他很不幸地成了"植物人"。正所谓"患难见真情",妻子罗映珍对已成"植物人"的丈夫不抛弃、不放弃,一直坚守在他身边。除了悉心照顾丈夫的饮食起居外,她还坚持每天给他写下爱的日记,字里行间情真意切,感人肺腑。这对平凡的小夫妻的事迹带给人们的不仅仅是一份感动,更是对梦想的一次全新诠释。罗映珍曾说:"虽然每天照顾丈夫很辛苦,但我依旧要坚持记日记。为的是弥补他此时缺失的记忆,为的是给予他苏醒的力量。我就是一个平凡的女子,我的梦想是要一个美满幸福的三口之家,这个就是我所有行为的最大动力。"这平

凡质朴的话语极具穿透力与感染力,透露出了她的坚强与乐观。

2002年,罗映珍与罗金勇在云南省临沧市永德县小勐统镇相知相恋,后来他们喜结连理。身为警察的罗金勇,经常要完成出勤任务,假期少得可怜,小夫妻俩总是聚少离多。妻子罗映珍深知"两情若是久长时,又岂在朝朝暮暮"的道理,所以非常理解丈夫,非常支持他的工作。因相聚时间短暂,两人格外珍惜在一起的美好时光。正当夫妻俩憧憬着美好未来时,一场意外却猛地向他们袭来。

2005年10月1日,罗映珍与罗金勇在回家探亲的路上,突然遭遇三名穷凶极恶的贩毒分子。罗金勇与亡命之徒展开了搏斗,终因寡不敌众倒在血泊中。后来他被及时送往医院抢救,被诊断为重度颅脑外伤。情况十分危急,罗金勇随时都有停止呼吸和心跳的可能。英雄罗金勇被送往重症监护室后,妻子罗映珍几乎每天24个小时不间断地守护在爱人身旁。她握着爱人的手,一刻也不愿放开,就这样一直站着,直到脚背、小腿浮肿,也不肯坐下来休息片刻。她生怕一不留神,死神会无情地把爱人罗金勇的生命夺走。后来,医生竭力救治,终于把罗金勇从死亡线上拉了回来。罗金勇的性命算是保住了,却因伤势过

重,成了沉睡不醒的"植物人"。

在昆明照顾丈夫的日子里,罗映珍把自己每天的护理任务排得满满当当的,一刻都不想让自己闲下来。每天清晨,天还没有亮,她便准时起床,随即便开始了一天的忙碌与护理工作。为了腾出更多的时间照顾丈夫,她每次都用最快的速度刷牙洗脸,动作训练有素,犹如部队中的女兵般利落。给丈夫榨果汁、熬制营养汤是她每天的第一项任务。她忙前忙后、忙里忙外,等一切准备就绪,就拎着装有果汁、营养汤的饭盒,步履匆匆地往医院赶。从她租住的小屋到丈夫住院的医院,有2000多米,她每天至少要在这条路上往返两趟,风雨无阻。到了医院,每当推开病房房门,罗映珍就会大声对丈夫说:"亲爱的,该起床了。"虽然躺在床上的丈夫没有作出任何回应,但她已经形成习惯,仿佛昏睡中的丈夫可以听见自己的呼唤。随后她便帮助丈夫刷牙洗脸、喂汤喂药、擦口水、翻身、量体温、量血压、按摩、清理大小便、换床单……由于罗金勇体格比较魁梧,每次搬动丈夫的身体,她都累得气喘吁吁。除了体贴入微的照料,罗映珍还充满爱意地对着沉睡中的丈夫说话、读日记,每每说到动情处,回忆起往日夫妻俩在一起的美好幸福时光,她总是禁不住流泪。在护理丈夫的日日夜夜

中，她几乎流尽了一生的泪水。

随着时间的推移，100天过去了，罗金勇依旧沉睡不醒，没有任何苏醒的迹象。100天对"植物人"来说是一道生命的"关卡"，从医学的角度来讲，长时间昏睡的"植物人"，很有可能进一步导致大脑细胞坏死，恢复的可能性越来越小。一般超过200天的"植物人"几乎是没有苏醒的可能性了，除非有生命的奇迹出现。200天、300天、400天过去了，罗金勇仍旧一动不动地躺在病床上。500天、600天过去了，罗金勇的状况依旧如此。但是罗映珍没有心灰意冷，她依然像往常一样，在罗金勇的病榻前悉心照料，每天写日记读给丈夫听，希望丈夫能够早一天听到自己深情的呼唤。

无论是身体上，还是精神上，在这600多个日日夜夜里，罗映珍承受了太多的煎熬与磨难。2007年，年仅27岁的罗映珍本该是年轻貌美的少妇模样，但是因为过度操劳，头上已经有了白发，脸上出现了皱纹，眼睛周围由于长期失眠也是黑黑的，体重快速下降，瘦了20多斤。现在的她一副形容枯槁的样子，完全没有心思理会自己、打扮自己，一心只想着怎样将自己的生命与爱的能量灌注到丈夫罗金勇的身上，唤他苏醒。

"精诚所至,金石为开"。罗映珍的丈夫在妻子爱的呼唤下终于苏醒了。那一天,罗映珍像往常一样,早早便来到医院护理丈夫。刚刚坐下,罗映珍正准备给丈夫擦口水,突然听到丈夫发出含糊不清、咿咿呀呀的声音,随后发现他的手指也开始慢慢地晃动,这不就是她日日夜夜盼望看到的场景吗?这不就是她日思夜想所祈求的生命奇迹吗?她甚至一度以为自己是在做白日梦。等到她反应过来时,她急忙冲出病房,去呼叫附近的医护人员。主治医师检查后确认了这个事实——英雄罗金勇苏醒了,激动地连声道:"这简直就是生命的奇迹!映珍,是你的真爱唤醒了你的爱人啊,你太了不起了!"随后罗金勇被送往北京,接受了进一步的康复治疗,罗映珍依旧如影随形地相伴在他左右,不希望爱人离开自己的视线。

艰难不仅烛照了罗映珍的道德与人性的光辉,而且见证了他们夫妻二人之间永存的真爱。她除了给予我们太多的感动外,也在潜移默化地改变着、影响着我们新时期年轻人对于婚姻的看法,婚姻是相知相许后彼此一辈子的守护,是"执子之手,与子偕老"的温暖,也是"你若不离,我便不弃"的坚持。罗映珍正是用这种信念与坚持诠释了对丈夫罗金勇的那份忠贞,她用爱之声唤醒了沉睡已久的铁

血英雄,创造了令人感喟的生命奇迹。他们平凡的人生故事同时也昭示了我们一个事实——即使梦想实现的可能性再小,但是只要你坚持,依然有美梦成真的一天。

植物人 植物人英文译为 Vegetative Patient,主要是指一类人因大脑上的大脑皮层的部分或全部功能受到严重损伤,进而导致其长时间处于深度昏迷不醒状态,是一种特殊的非常态的生命存留状态。简而言之,就是他们没有了正常人的思维意识活动,但是却仍然拥有正常人的生命活动,譬如呼吸、心跳、能量及物质的新陈代谢等。医学界往往把这种特殊的生命状态称为"植物状态",把这群特殊的患者称为"植物人"。其较为常见的表现为:丧失行动的能力、丧失自理的能力、丧失认知思维能力、丧失语言能力、大小便失禁等。因此他们都需要家人来帮助其进食,辅助其排泄。"植物人"与大自然中的植物的生存状态有某种相通之处,并因此而得名。在通常情况下,因外界力量而造成脑部损伤成为"植物人"的患者,伤势在轻微程度的,在 3 个月内有苏醒的可能性;伤势比较严重的,在 5 个月内仍然不能苏醒的,生命就存在极大的危险了。目前来看,超过 6 个月还能苏醒的"植物人"比较罕见。只有发生奇迹,患者受到外界强有力的刺激,才有可能苏醒的机会。

总之,"植物人"沉睡的时间越久,苏醒的概率就越小。目前,国内外的医学界对于这种处于植物状态的"植物人"没有较为有效的医治办法,并且对于是否应该放弃对"植物人"生命的维持与继续,也一直存在较大的争议。

❋ ❋ ❋

春天没有花,人生没有爱,那还成个什么世界。

——郭沫若

至真至孝的好姑娘

1991年11月,小佩杰出生在山西省临汾市隰县一户普通的人家。虽然她家不是很富有,但和大多数孩子一样,能够得到自己父母的悉心疼爱与呵护。可是在5岁那年,命运似乎开始对小佩杰苛刻起来,她的父亲在一场突如其来的车祸中丧生。父亲的骤然离世,让原本和和美美的三口之家瞬间瓦解,小佩杰的母亲由于无力继续抚养年幼的女儿,便将她送给别人收养,自己改嫁他人。这位好心收养小佩杰的人叫刘芳英,当时在山西省临汾市隰县的老干部局工作。

当时,懵懂无知的小佩杰也许还不能意识到自己日后的人生轨迹已然改变,更不会知晓等待自己的将是漫长的

远离生身母亲的生活。过了很多年以后,她也只是依稀记得,刚到养母刘芳英家的时候,因为想念爸爸妈妈,她哭闹了好几天。幸运的是,刘芳英夫妇对小佩杰宠爱有加,把她当成亲生骨肉一样照顾、疼爱。但好景不长,在小佩杰8岁那年,养母刘芳英不幸患上了椎管狭窄症。为了给养母治病,家里所有积蓄都花光了,但是养母的病却愈加严重,根本没有出现任何好转的迹象。小佩杰的养父不堪生活的重负,无法忍受雪上加霜的经济状况,他什么都没说,便悄然离开了家,抛下了刘芳英和小佩杰母女俩。当时卧在病床上的刘芳英一边流泪,一边摸着小佩杰的头说:"好闺女,妈妈现在身体状况不好,也不能照顾你了,赶明儿还是再给你找个好人家吧。这样你也能早点脱离苦海。跟着我,只能连累你。"可是刘芳英万万没有想到,她养了3年的女儿——8岁的小佩杰这样懂事。小佩杰噙着眼泪,扑通一声跪在了她的床前大喊着:"妈妈,我不会离开你的,不要送我走,我要照顾你,照顾你一辈子,不要送走我。我走了,谁来照顾你?"就这样,小佩杰从8岁起,弱小的肩膀就承担起了侍奉瘫痪养母刘芳英的重任。

  从此,这母女二人就靠刘芳英微薄的病退工资相依为命。小佩杰每天放学回家后,都要像个"小大人"忙活开来,先是去菜市场买菜,然后赶忙回到自家的厨房择菜淘米,做好饭后又要给母亲喂饭、喂汤。为了能让母亲在舒适干净的环境中安心地休息养病,她每天都要替母亲洗漱梳头、换洗尿布、涂抹多种药膏。然后她还要清洗母亲刚刚换下来的脏衣服、尿布。小佩杰几乎每天回家后都要忙到很晚才有时间做自己的家庭作业,照顾母亲和学习两不误。虽然又忙又累,但是她认为只要能够把母亲照顾好,付出再多都是值得的。小小年纪的她克服了很多常人都难以想象的困难。小佩杰个子没有灶台高,她就站在小板凳上做饭,因此不知摔过多少回,腿上、胳膊上时常都会有瘀青红肿,可是她从来没哭过。当时她还分不清蔬菜的种类,就自己编口诀记忆"长长的青葱,圆圆的蒜,扁扁的豆角绿油油"。因为她知道只有自己坚强,才能让母亲对未来的生活充满信心和希望。有时候月底家里实在没有下锅的米了、没钱买菜了,她就去向好心的街坊邻居们借。像这样既清贫又难熬的日子一过就是12个年头,小佩杰一直坚守在养母刘芳英的床榻前悉心照料,从没抱怨过什么,从没想过要放弃,更没想过要逃避、离开。

2007年,刘芳英病情日渐恶化,最终瘫痪并且丧失了自理能力。为了能更好地照顾母亲,懂事的佩杰毅然决然

地选择了就近上学。2009年,由于学校的安排,佩杰不得不到异地求学,她不忍心抛下养母刘芳英一个人,便做出了一个惊人的决定——带着母亲去上学。为了方便照顾母亲,她在学校附近租了便宜的房子,每天早晨,天还没亮,她就起床给母亲做早饭,为母亲穿衣服、刷牙、洗脸、梳头,然后再急匆匆地赶往学校上课。午休铃声一响,她就快速跑出教室,一路小跑回到家里,打扫清理母亲的大小便,给母亲擦身体,喂母亲吃午饭。下午放学后,依然如此。到了晚上,佩杰还要给母亲做康复训练,帮助她按摩、活动筋骨,避免身体状况进一步恶化。因长年瘫痪在床,刘芳英有时候排便比较困难,佩杰甚至用手指帮她一点点地抠出来。

　　除此之外,佩杰还要扛起生活的重担,因为母亲的退休工资根本不够负担学杂费和母女二人平时的生活开支。她趁学校课少的时候,出去给中学生补课,到大街上帮别人发传单。每次领到工资后,她总是不忘记给母亲买回一大堆好吃的东西,开心地看着母亲吃,自己却从来不舍得吃。饭后,她总是在母亲床前给母亲讲笑话、说故事,以排解母亲内心的寂寞与孤独。年复一年,日复一日,佩杰不仅仅从大学校园里学到了知识,更通过生活磨炼健康成

长,兑现了自己8岁时许下的照顾母亲的诺言。

　　幸运的是,2010年临汾市一家医院听说了孟佩杰与养母的感人故事后,将刘芳英接入医院,并且答应为其免费治疗。为了积极配合医院救助治疗,佩杰每天都要忙前忙后,精心护理母亲。除此之外,还要帮母亲做大量的康复运动训练——240个仰卧起坐、拉腿200次、捏腿30分钟。对瘦弱的佩杰来说,这是一个不小的体力挑战。在接受记者采访时,养母刘芳英极为动情。她坦言,自己在患病之初,丈夫竟然悄然离去,对自己不管不顾,她感觉整个天似乎都要塌下来了,但女儿小佩杰却为她擎起了一片天空。她每每想到女儿伺候她的辛酸与不易,就感到特别心疼,但又十分欣慰。她说:"我照顾了她3年,她却要照顾我一辈子。我下辈子还给她做母亲,我一定要报答她。能拥有这样懂事孝顺的好女儿,我真的是太幸福了!"

　　命运对孟佩杰来说,可能是不公平的,甚至是有点残酷的,但她从来没有怨天尤人,更没有自暴自弃。她每天都活在真实而琐碎的生活中,践行着自己曾经对养母刘芳英的承诺,坚守着中国传统文化中"孝道"。网民"与同"还为孟佩杰写了一首赞美诗——《致最美丽的女孩》:

　　　　他们说你是一个安静的女孩,有着一张清丽

的脸。年少的你,是否该在母亲的怀中细语呢喃,是否该在少女的梦中绽放笑颜?他们说你是一个柔弱的女孩,有着瘦削却有力的肩。年少的你,是母亲的手,是母亲的腿,是母亲头上的那片天。他们说那间陋室,四壁空空,只有真爱环绕在里面。年少的你,是黑夜里母亲床前的那盏灯,是寒风中母亲心头的那份暖。

孟佩杰是一个至真至孝的好姑娘。她用稚嫩却有力的双肩托起了生活的梦想,用坚强与勇敢给予母亲生活的勇气。

乌鸦反哺　　在《本草纲目·禽部》中曾经有这样的记载:"慈乌:此鸟初生,母哺六十日,长则反哺六十日。"这句话的大致意思便是,年幼的小乌鸦出生以后,它的母亲需要精心呵护并且哺育其成长。等到年幼的乌鸦长大了以后,它的母亲便不能行动自如了,同时也就没有足够的力气与精力外出寻觅食物。已经长大的乌鸦有能力觅食了,它会反过来喂养自己的母亲。这就是中国人常说的乌鸦反哺之情。人们眼中的乌鸦,一般外表比较丑陋,甚至有

的人还因为封建迷信的思想，觉得乌鸦是一种很不吉利的动物，觉得遇到乌鸦会倒霉。但是乌鸦的反哺之情让我们不得不为之动容，甚至产生钦佩之情。它们是孝敬、爱护、顺从老者的道德楷模，值得我们每一个普通人学习。乌鸦尚且懂得知恩图报，用自己的行动回馈自己的母亲，作为万物灵长的人类更应该如此。尊敬并孝顺自己的父母自古以来就是中华民族的传统美德，值得我们炎黄子孙代代相传。

❋ ❋ ❋

父母呼，应勿缓；父母命，行勿懒。

——《弟子规》

12 载的坚持与守候

妈妈施冬娟让全身残疾的儿子金鑫不再羸弱,在照顾儿子的几千个日夜中,她的手,几乎成了儿子的拐杖;她的脊背,就是儿子的支架。儿子金鑫感受到了母爱的伟大与无私,为了给予母亲心灵的安慰与未来生活的希望,身残志坚的他发奋学习,刻苦钻研,并且在高考中考出了648分的骄人成绩,以高出重点线几十分的优势,如愿考上了令很多人向往的中国名校——浙江大学。脆弱的生命之所以成为生活的强者,是因为母亲施冬娟那如潮水般涌动的爱,给予了儿子生活下去的勇气与力量,唤起了他应对生活磨难的信心与希望。施冬娟,一个平凡的母亲,平凡的身份背后却有着不平凡的故事,蕴藏着让人为之动容的一份坚持与守候。

1992年11月6日，一个小生命降临在了浙江省台州市椒江区三甲街道石柱村一户普通人家，他的到来给全家上下带来了很多欢乐。施冬娟和丈夫把这个孩子当作掌上明珠般宠爱，希望他可以健康茁壮地成长、多福多财，将来长大成人能有出息，因此他们夫妻俩给儿子取名为金鑫。当全家人还沉浸在这个小生命降生所带来的喜悦之中时，一个始料未及的状况像晴天霹雳，瞬间让全家人的心情跌至谷底。一次，施冬娟在为儿子换尿布的时候，发现即使自己动作再轻柔，也会引起儿子的大哭大闹，并且一旦哭闹起来，就没完没了。直觉告诉她，孩子的哭闹肯定是有什么问题的。于是，她抱起儿子匆匆地往医院跑，想给儿子做个较为全面的身体检查。体检报告没过几天便出来了，但是结果却着实吓了施冬娟一大跳。金鑫竟然全身残疾，一辈子只能在轮椅上度过，几乎没有重新站立的可能。当她拿着体检报告那薄薄的纸时，手不住地发抖，似乎这张纸有千斤重，后背也感到一阵阵发麻，差点昏过去。最后，她还是强打精神，才跟跟跄跄地走出了医院的大门。无论如何她也不敢相信，刚出生没几天的孩子会这样命运多舛。她也曾迷茫过、无奈过、抱怨过，不知道脚下的路该怎么走，也不知道等待儿子的将会是什么。可是

她转念一想，毕竟儿子的大脑是健康的，还是可以像正常人一样记忆和思维，只要这样，儿子就还有希望，还有未来。

小金鑫在妈妈的关心与呵护下渐渐长大。虽然妈妈用浓浓的爱包裹着他、保护着他，但依旧不能阻止病魔继续无情地吞噬他孱弱的身体。随着青少年骨骼发育关键期的临近，金鑫的状况比幼年时更加严重，身体多处骨骼关节发生坏死，因骨骼变形造成了脊柱的侧弯，左眼的视网膜也脱落了……金鑫的身体非常脆弱，几乎成了一碰就会碎的"玻璃人"。施冬娟说："孩子只要一摔，就会骨折！"她的儿子从小到大骨折的次数太多，以至于连作为母亲的她都记不得有多少次了。俗话说：三折肱为良医。施冬娟为了护理儿子，在处理骨折方面，俨然已经成为一个护理专家。

快到金鑫入学年龄的时候，施冬娟又开始犯难了，她曾犹豫过是否要让孩子在学校接受教育，也曾担心过孩子的体力能否经受如此的考验。后来经过权衡，她还是觉得儿子一定要像正常的孩子一样，接受正常的学校教育，这样孩子才会有未来和希望。后来，施冬娟一直坚信这是个明智的选择，从来没有一丝悔意，更没有一丝一毫的退缩。

虽然每天过得很辛苦,但是她觉得,为了儿子一切都是值得的、都是理所当然的。于是,她每天抱着儿子上学,风雨无阻,从来没有让儿子缺过一节课。到了初中,情况发生了变化,因为要上一些实验课,需要经常更换教室,施冬娟就把儿子的课程表深深地刻在自己的脑海中。每当下课铃声一响,她就抱起金鑫,行色匆匆地往下一个教室赶。因为教学楼都比较老旧,没有电梯,所以施冬娟就像一个"大力士"一样,或抱着或背着儿子,沿着楼梯的台阶,一级一级地费九牛二虎之力把孩子弄到教室。每当及时把孩子稳稳地放在教室的座椅上时,她才可以松一口气,用手擦擦顺着额头淌下来的汗水。施冬娟为了能有更多时间照顾"玻璃"儿子,她向学校有关部门申请,选择就近在学校打零工。在三甲中学,她当过器材保管员;在台州一中,她做过保洁员。这一切都是施冬娟甘愿为儿子作出的牺牲,她觉得挣的工资虽然不多,却可以离儿子近一点,工作时间更灵活一点,更加方便她照顾儿子,让儿子有一个更加好的环境专心学习。

在金鑫上初中的时候,一次,施冬娟去学校接儿子回家,途中意外地被车撞倒在地。不省人事的她鲜血直流,随即被送往医院抢救。因救治及时,经过一段时间的调理

与休养,她的身体状况逐渐好转,但是还没能完全康复。在这种情况下,她依旧坚持去学校打零工,继续"抱儿子"上下轮椅,"抱儿子"更换教室,"抱儿子"走楼梯,"抱儿子"上厕所。在做这些事的时候,有时候会不小心把自己的胳膊或脚踝碰伤。由于担心自己的疏忽把儿子摔伤或碰伤,施冬娟完全没有心思在意当时的那些疼痛,只是在晚上休息的时候,她才会感到全身无力,受伤的地方阵阵发痛。金鑫理解妈妈的艰辛与不易。为了减少妈妈的负担,懂事的金鑫平时上课尽量少喝水,除了三餐以外,尽量少吃东西,这样就不用让妈妈费劲地背着他一趟趟地往厕所跑了。他知道每次自己摔倒的时候,妈妈总是第一时间把自己抱起。他想用自己的努力以及实际行动回报妈妈,为的是让她的坚持与守候变得更加有意义,让她能感受到生活中简单的快乐。

也许上帝关闭了一道门,但同时也会打开一扇窗。金鑫虽然全身残疾,没办法行动自如,但是他在妈妈的引领与守护下,成功地为自己开辟了一扇智慧之窗,并且可以透过它看遍世界的风景、参透人生的五味。在十几年的求学过程中,施冬娟不仅给予金鑫生活上的照顾,更把永不服输的宝贵精神传递给了儿子,让他有勇气去面对生活中的一切磨难。金鑫从小学到高中,成绩总是名列前茅。除此之外,他还积极地参加学校的演讲比赛、科普知识竞赛等,甚至还坐在轮椅上主持过一台学校的文艺晚会。

就在儿子收到录取通知书的那一刻,施冬娟又做出了一个她生命中重大的决定,她要继续陪在儿子的身边,帮助他读完大学。从未出过远门的施冬娟用自己的方式书写了"母亲"这两个字,浇灌着儿子的梦想之花。与此同时,金鑫在妈妈施冬娟的庇佑与呵护中也变得更加坚强、更加乐观、更加开朗,努力让自己心中深藏的梦想之花早日开花、结果。

知识链接

残疾 残疾也称身心障碍,是指由于先天或后天发生生理或心理损伤,造成个人社会生活方面不能充分使用自己能力的状态,属于需要帮助的弱势群体之一。目前,公认的构成残疾状态的要素有三个:1.由于先天的疾病或外界客观因素等所造成的不同程度的身体与心理上的损伤。2.因病理因素而导致的身体与心理在功能方面的低下,从而进一步导致其存在生理功能上的障碍。3.因其病理及生理障碍因素,导致其无法完成在社会上的角色认知。由

于残疾人在适应社会方面存在较为不利的条件,所以整个社会都应该高度关注残疾人这个特殊群体现今的生存生态,在学习、就业、生活、经济等各方面给予他们必要的帮助与救治,使其更好地适应社会生活,真正地成为社会大家庭中的一员。20世纪以来,世界各国为了使残疾人过上尽量正常的生活,逐渐加强了对其的保护。

❋ ❋ ❋

父兮生我,母兮鞠我,抚我畜我,长我育我,顾我复我。

——《诗经》

甘当"农夫"的女博士

石嫣,头顶着博士帽,却忙碌在田间地头与农舍之中。她有时割草、施肥,有时翻地、播种,有时养鸡、喂鸭,忙得不亦乐乎。放弃了成为学者、研究员的宝贵机会,她甘愿成为一名地道的"女农夫",希望实现简单美好的田园梦想——"让更多的人吃上安全放心的健康食品"。

石嫣毕业以后,没有打算去科研院所从事理论研究,也没有选择能成为学者教授的名牌高校,而是走入了能够发挥自己能量的乡间小农场,可以说她是知识分子中学以致用的典型代表。

在攻读博士学位期间,石嫣因成绩优秀获得公派出国考察的机会。该项目负责人曾提前告知所有报名参加出

国考察的人选：去了美国不仅要考察，而且要"务农"，说白了就是到了农场后要下地干活。石嫣觉得这个项目是一个锻炼自己的绝好机会，没有想太多，就义无反顾地报了名，并成功地被外派。来到位于美国明尼苏达州的农场后，石嫣要和这里的农民一样，挥汗如雨地在农田辛苦劳作。她从不叫苦，从不喊累，和考察团的随行人员一起在农场食堂吃，一同在农场宿舍住。这样的生活虽然单调，但是石嫣的收获可不小。耕作之余，她意外地发现美国当地农场的运作模式与以往传统模式有很大的不同，这种被称作"社区支持农业"（英文简称CSA）的农业发展理念与经营模式，不仅独特，而且新颖。好学的她不仅向农场的管理人员虚心地学习讨教，还在当地的图书馆及资料室阅读了关于该模式的大量权威的一手资料，为将这一模式成功引入中国作了充分的准备。

说干就干，极具行动力的石嫣于2009年初，便对这种新型农业发展理念进行实践检验。她先是在北京的郊区租下了几十亩地，开始创办属于她的"小毛驴市民农场"。开始创业之初，石嫣碰到了很多困难与挑战。首先就是来自家人的阻挠与反对。她年迈的父母对她的行为特别不理解。父母希望石嫣能够在博士毕业后，找到一份待遇优厚、较为稳定的工作,然后经营好自己的家庭生活。他们老两口不明白:女儿年纪也不小了,为什么还要瞎折腾、瞎胡闹?他们认为自己女儿的行为太疯狂,竟然放弃令人艳羡的进入研究所、高校的机会而去农村当"女农夫"。孝顺懂事的石嫣没有责怪父母的思想观念传统与保守,对他们作出了如下的保证:如果几年之内,农场没有起色,没有获得想象中的成功,她就听从父母的劝告,找个"铁饭碗"来谋生。面对女儿坚定的抉择,父母也只好点头,允许石嫣做出的这个"疯狂"决定。

现在忙碌在田间地头的石嫣依稀还能够记得,在她大四一次上就业指导课的时候,老师给每个同学发过一张职业意向调查表。在这张调查表中写着公务员、国企、外企、事业单位等几个选项,石嫣毫不犹豫地在"其他"后面打了一个钩。那时候的她也曾迷茫过,不知道自己未来应该从事什么样的职业。但如今,石嫣扎根乡间农田,与丈夫整天在此忙得不可开交,并乐在其中,认真经营着自己的农场。相信她当年在职业调查表中所填的"其他",如今早已清楚明晰了,就是心甘情愿地成为一名"女农夫",帮助其他农户脱贫致富,让人们吃上更多健康安全的食品。

农场面临的第一个问题是如何"招兵买马"。石嫣深

知一个人的力量有限,团队的力量则是无限的,组建一个能够跟她在农场一起"吃苦"的团队很重要。可团队的组建过程却很艰难。因为很多有才华的年轻人并不愿意远离城市优越的环境,更别提大老远地跑到偏僻的乡下艰苦创业了。这时候的石嫣就充分发挥了她的人格魅力,吸引一大批昔日的同窗好友。他们不仅能充当智囊在必要的时候出谋划策,而且与石嫣一样,拥有梦想,能够吃苦耐劳,共同应对挑战。就这样,一个具有凝聚力的团队诞生了。他们一起努力创业,推广CSA,还形成了富有战斗力的团队口号——"食在当季,食在当地"。自从她组建团队后,农场面临的很多问题都迎刃而解了。

　　石嫣一边认真地在自己的农场种植各种蔬菜,一边积极地与周边的城市居民与社区联系,形成了固定的生产与销售关系。这种做法给她的农场带来了丰厚的物质收益,同时在很大程度上保证了农场产出的农产品的安全性,满足了广大消费者对于健康饮食的需求。就这样,她的"小毛驴市民农场"的生意越做越红火,甚至一度出现了农产品供不应求的局面。

　　"小毛驴"创业的成功说明了这种外来模式同样适合在中国推广,但是需要在分析中国国内实际情况的基础上，实现 CSA 的中国化。聪明的石嫣看准了这个新模式未来的市场前景，真正希望带领广大农户增加收入，便决定向周围农户宣传这种新型的模式，让他们也加入 CSA 农业生产的队伍中来，同时扩大"小毛驴"农场的生产规模。2012 年在"小毛驴"第一次创业的基础上，石嫣乘胜追击，大胆创立了"分享收获"的农业发展与创新项目。该项目主要致力于宣传、推广这种 CSA 模式，让更多的人受益。参与"分享收获"项目的农户，可以在自身利益得到保证的情况下，放心种植，生产出符合安全标准的纯天然的瓜果蔬菜，供应给有固定供销关系的社区居民。

一次，"女农夫"石嫣在接受《光明日报》记者专访时，曾直言不讳地坦言："健康农业是一个值得更多人加入的利民行业，而农夫则是让这种事业维持下去的实践者与执行者。我不随波逐流，不浮躁，不为名利，一切从改变自己开始。我追求的是一种有趣味、有意义的人生。"在石嫣眼中，她觉得自己更适合做"女农夫"。农夫的身份对石嫣来说，更有意义，更能体现她存在的价值。她决心宣传健康种植的理念，认为食品安全是一件造福于社会、造福于后代的事情，值得她付出毕生的精力。

　　石嫣农场事业的成功,证实了她此前的直觉与判断是正确的。在未来的日子里,石嫣会带领自己的团队,带着她的梦想,再接再厉,将这种新型的农业模式发扬光大,并使得"健康种植、安全食品"的理念深入人心。

　　社区支持农业　英文译为 Community Supporting Agriculture,按照这三个英文单词大写首字母的排列顺序,缩写为 CSA。CSA 这一农业模式主要的运作流程为:购买农产品的消费者需要提前支付一部分现金,农户以此用来购买生产农产品所必须具备的劳动工具与种子化肥等;农场与消费者签署一定的消费合同,并作出健康种植的承诺,在生产过程中,不可以添加任何对人体有害的化学成分添加剂,以此来保证生产出的农产品符合纯天然农产品的标准。这种农业运营模式下的消费者通常不是单一的、分散的,而是如固定的社区等群体;农场则是以自愿加入、共享利益等原则集结大量农户而成的。在一定时期内,消费者与农场具有相对稳定、相对持久的合作、互利的经济关系。CSA 最初只是新型农业发展的一种理念,它发端于20世纪70年代欧洲的瑞士,之后又在亚洲的日本率先实践。由于能满足广大农户与消费者的特殊需求,让"健康种植、健康消费"的新型理念深入人心,近年来,CSA

农业运营模式受到越来越广泛的关注,并且普及与推广的程度也在向纵深发展,从另一个侧面也说明了现今食品安全问题亟待解决。

* * *

同是不满于现状,但打破现状的手段却不同:一是革新,一是复古。

——鲁迅

马班邮路上的信使

"月亮出来照山坡,照见山坡白石头。要学石头千年在,不学半路丢草鞋……"绵延起伏的高山间响起了邮政员王顺友嘹亮的苗族山歌。从四川省木里藏族自治县县城,经过白碉乡、三桷桠乡和倮波乡,再到卡拉乡,在这条山路上,留下了王顺友牵着马、驮着邮包、默默行走的无数脚印。20多年来,坚持每年8000多份报纸、700多份杂志、1500多份函件和600多件包裹的准确无误投递,对常人来说,是不可想象的。这个普通的苗族汉子王顺友,到底有什么样的过人之处创造出这样惊人的成绩呢?答案只有一个:梦想。

1984年,当邮递员的老父亲把自己用了多年的马缰绳交到儿子手里时,给了同样怀揣着邮递梦的 19 岁王顺友四条忠告:"不能丢失;不准打湿邮件;不准冒领贪污汇款、私拆信件;必须准班准点。"四条简单的忠告,永远留在王顺友的脑海里,成为他的信念。带着这样的信念,王顺友踏上了马班邮路的漫漫征途,开始了每月近 28 天的徒步跋涉。这一走就是 20 多年。20 多年,王顺友走过的马班邮路里程可以绕地球赤道 6 圈。在这长路漫漫的孤单路途中,他所面临的困难是常人难以想象的。

地形条件是王顺友面临的最大难题。马班邮路地处空气稀薄的青藏高原东南缘,两侧不仅高山绵延起伏、山峰无数,还会遭遇冰雹、飞石和野兽的袭击。然而,王顺友走在马班邮路上,毫不犹豫地穿过阴冷潮湿的原始森林,踏过荒无人烟的雪原。饥肠辘辘时,就喝点山泉啃块糌粑;深夜寂静时,就唱唱山歌想想家人;夏暑雷雨时,就擦擦头上汗水拍拍身上灰尘;冬寒雪冻时,就抖抖肩上雪紧紧身上袄……为了能够准时地将一封封信件、一本本杂志、一份份报纸送达用户手中,王顺友常常一个人蜷缩在山洞、牛棚、树林里或蹲坐在露天雪地上。面对酷暑寒冬及孤身上路的寂寞,他也曾动摇过。但是每当一份份邮件经他的努力准确送达接件人手里时,那一张张惊喜的笑脸给了他最大的安

慰。他心中始终有个声音提醒着自己:做一个恪尽职守的邮递员。这是他的人生信条,也是他的梦想。更是王顺友在坎坷的马班邮路上永不止步的最大动力。

除了地形条件,突如其来的劫匪也是王顺友邮递路上的绊脚石。2000年7月,王顺友在翻过气候异常恶劣的察尔瓦山、途经漫长的树珠林场时,从寂静的树林中突然跳出两个面相凶狠的劫匪。"小子,别乱动!赶紧把钱和东西交出来!"劫匪凶狠地对着王顺友叫喊。长期在崎岖山路上奔波的王顺友丝毫没有退让,说:"要钱没有!""哼!你驮在马身上的包裹撑得鼓鼓的,怎么会没值钱的?快老老实实拿过来!"劫匪看到王顺友只是一个人牵着马行走,就更加嚣张起来,并顺势挽起袖子,攥紧拳头,摆出一副即将搏斗的架势。令劫匪意想不到的是,王顺友并没被他们的阵势吓倒,而是用高亢的声音向他们喊道:"我就是个乡村邮递员,是给大家送报送信的!哪来什么钱?要命呢,倒是有一条!"说着,王顺友迅速移身到自己的马旁,从破旧的背篓中拔出常备的刀子,打算和劫匪搏斗。两个劫匪顿时惊愕不已。他们看着眼前这个拿着明晃晃刀子的男人,看着这个男人眼神中透露出的勇敢与执着,一时竟不知该如何是好。趁劫匪愣神儿的工夫,机灵的王顺友抓紧

机会纵身上马,从劫匪身边冲了过去。

当然,并不是每次遇到坎坷王顺友都能化险为夷。一次,王顺友送完倮波乡的邮件后,在走向下一站的途中经过令人闻之色变的"九十九道拐"。"九十九道拐"是川藏线著名的天堑,整条路超急弯接连不断,常有碎石落下,一旁是汹涌的雅砻江水咆哮着穿过峡谷,另一旁是无法攀缘的悬崖峭壁。而王顺友要穿越这里的弯道天险,就不得不借助溜索滑到雅砻江对岸。天有不测风云,当王顺友按往常的方式把溜索捆在腰上准备滑到对岸时,溜索上的绳子出乎意料地断了。失去平衡的王顺友立刻从空中重重地摔在碎石遍布的江滩上,王顺友最看重的邮件包此时也从他背上掉落并顺势滚到水流湍急的雅砻江中漂走。看着被水流冲走的邮件,王顺友着急万分,要知道,那里面装的可是父老乡亲们的信件啊!想到这里,他顾不得察看自己身上的伤口,如雄狮般迅猛地从江滩上爬起来,抓起不远处的一根粗树枝,不假思索地跳进奔流不息的江水中打捞邮包。王顺友耗尽全身的力气,终于从汹涌的水流中把邮包抢了上来。累得瘫倒在江滩上的王顺友气喘吁吁,把这失而复得的邮件紧紧拥在怀里。"做一个恪尽职守的邮递员!"王顺友攥紧了拳头,在心里默默为自己鼓劲。

　　王顺友在送邮件的同时还经常热心地为沿途村民捎带生活、生产用品，甚至自己主动掏钱替一些人买，为村民搭建起了一座与外界来往的桥梁。"做一个恪尽职守的邮递员，起码得先做一个好人。"王顺友这样告诫自己。带着这样的梦想和信念，王顺友遇到倮波乡60多岁的王福清时，既为王福清将一生的精力与热情奉献给马帮而感动，又为他长期忍受着风湿病和胃病的折磨而伤心。王顺友想到苗族人一向擅长以草药治病，他就把王福清的病情仔细地记录下来，等自己回到白碉乡苗族老家后，向身边熟识的几位苗医详细地讲述王福清的病状，并根据苗医的嘱咐到各个诊所为王福清配药，他还收集一些白碉乡有名的草药带给倮波乡的其他村民。"这是个多好的邮递员哪！"倮波乡的村民对他竖起了大拇指。王顺友笑得很开心。送邮件途中，王顺友发现三桷桠乡和倮波乡磨子沟共有的一个问题——在这两个小乡镇里彝族和汉族村民杂居，朴实、纯真的乡民们只是种植些土豆、包谷、荞子等作物，很少种植各种蔬菜。王顺友留下了心。从1988年开始，他主动把白菜、青菜、莲花白、萝卜等蔬菜的种子带给那里的村民们，还耐心地将种植技术和注意事项告诉他们。慢慢地，在王顺友的帮助下，那里的乡民们开辟了的菜园，冬天也能吃上新鲜蔬菜，生活条件不断改善。王顺友偶尔还会顺路带几包盐、茶和药送给山里的少数民族兄弟。看着乡民们脸上绽放的如花笑容，莫大的幸福感充满了王顺友的内心。

"月亮出来照山坡，照见山坡白石头。要学石头千年在，不学半路丢草鞋……"今天，苗族的山歌依旧飘荡在幽静的山谷中，这个外表矮小、干瘦、背驼的男子汉怀揣着自己的邮递梦想，继续在崎岖的马班邮路上感受着付出与得到的幸福。而他穿着邮政制服、牵着骡马默默行走的背影，早已成为山民所熟悉的影像。

雅砻江 雅砻江古称"若水"、"泸水"，中国四川省西部河流，是长江上游金沙江的支流。雅砻江发源于青海巴颜喀拉山系尼彦纳克山与冬拉冈岭之间，东南流入四川省西北部，在甘孜以下才称"雅砻江"，最终沿大雪山西侧经新龙、雅江等县至云南边界渡口市注入金沙江，是典型的高山峡谷型河流。雅砻江全长1187千米，河源地区隔巴颜喀拉山脉与黄河流域为界，其余周边夹于金沙江与大渡河流域之间，地跨青海省、四川省、云南省三省29个县市，流域形状狭长。流域内水量丰沛，水能蕴藏量大。

❋ ❋ ❋

对人来说，最大的欢乐、最大的幸福是把自己的精神力量奉献给他人。

——［苏联］苏霍姆林斯基

让爱人背着去行医

20年来,"最美的乡村女医生"周月华在丈夫艾起坚实臂膀的支撑下,几乎走遍了重庆市北碚区柳荫镇的所有地方,跨过了蜿蜒湍急的河流,越过了崎岖坎坷的山路,为当地5000余户村民送去了温暖而贴心的医疗服务。周月华与艾起这一对平凡的夫妇,用坚持与无私述说着"医者仁心"的大善与大爱,同时也演绎了自己的精彩人生。在这个过程中,无论是他们之间所迸发出的纯粹忠贞的爱情火花,还是他们所具有的无私奉献的情怀,都让人们感动不已。背着爱人去行医,艾起用无悔的脚步兑现了自己对妻子的承诺,周月华则用坚韧承托起生命的希望与明天,他们以充满爱心的善举,不断追逐着治病救人的行善之梦。

周月华是重庆市北碚区柳荫镇西河村的一名乡村医生。她在出生8个月后,就被医生诊断出患有先天性小儿麻痹症,因此左腿残疾,但是这一切并没有让坚强的周月华丧失对于未来美好生活的信心。中学毕业以后,她凭着自己的韧劲与执着,成功考入当地的一所专科卫校。进入卫校后,周月华格外珍惜这宝贵的学习机会。她非常努力刻苦,最后以优异的成绩顺利毕业。但是先天残疾却给周月华带来了很大的困扰,她在找工作的时候到处碰壁。天无绝人之路,就在这个时候,她想起了乡亲们每次为了看病,要跑到几里地之外的镇医院,跋山涉水着实辛苦。于是,她就动了在村里开诊所、出诊行医的念头,以解决村民看病难、看病贵的大问题。

周月华将平日里省吃俭用攒下来的200元钱与家中仅有的几百元积蓄当作自己诊所创业的启动资金;随后她又把家里多余的屋子拾掇出来,作为诊所;她把药品采购托付给了她的弟弟们,让他们用家里的小竹篮把药品一筐筐地从镇上背回来。一切准备就绪,1990年11月,周月华的乡村诊所——西河村卫生室终于正式开业了。周月华曾说:"我喜欢现在的工作,喜欢我所做的一切。住在偏远地方的农民要想看病,往往要走上好几个小时。我做得多一点儿,他们便可以方便点儿,少花点儿钱,少跑点儿

路。即使我辛苦点儿,也感到十分开心,十分满足。"

因为左腿先天残疾,出诊对她来说,着实是一件十分辛苦的事情。如果碰到较特殊的危急状况,她也只能右肩膀挎着沉重的药箱,左手拄着拐杖,艰难地在蜿蜒崎岖的山路上慢慢地"蠕动",缓缓地越过一路上的沟沟坎坎。直到遇到她一辈子的拐杖、她人生的第二条左腿——艾起,出诊行医之路才走得更顺畅。

自从周月华与艾起结婚以来,二人几乎没有拒绝过、推诿过村民们的任何出诊要求。每次接到出诊要求后,艾起总要弯下腰,温柔地将妻子周月华扶上自己的后背,一直将她背到求诊的病人家里。因为路途遥远,当他累得上气不接下气时,就暂时找个安稳舒适的地方,把妻子慢慢放下来。但是因怕耽误病人看病,他也只是休息片刻,然后便拖着疲惫不堪的身躯,背着爱妻继续赶路。这个男人用他厚重的肩膀托起了妻子"行医治病"的行善之梦,20年来默默地守护在她的身边,支持着她的事业。"背你一辈子,我无怨无悔"是艾起曾经对周月华说过的话。的确,他用一个男子汉的责任与担当,兑现着他的诺言。

2000年9月,西河村一户姓杨的人家有孕妇临产,需要助产医生帮忙,情况十分危急。孕妇的家人飞快地跑到了周月华的卫生室,当时已经是凌晨3点多了。周月华和

丈夫二话没说,拎起药箱,随即迅速赶往杨家。一路上山高坡陡,借着手电筒发出的昏暗光线,艾起背着妻子行走,实在有点困难,他也只能深一脚浅一脚向前挪动。艾起深知孕妇临盆是人命关天的大事,他需要背着妻子和时间赛跑,所以尽量不休息、少停留。经过一个多小时的长途跋涉,他们总算赶到了杨家。这时候,艾起因为连续行进的时间过长,体力已经严重透支,一到杨家就瘫坐在椅子上,还不住地用手擦着顺着脸颊淌下来的豆大汗珠。周月华则冻得手脚冰凉,到了屋子里后上身还不住地打着冷战。此时,周月华没有时间顾及自己和丈夫的窘状,马上由杨家人搀扶着,赶到了临盆孕妇的卧室。一小时以后,她成功地完成了艰巨的接产任务,辅助杨家的媳妇顺利产下了一对双胞胎女婴。为此,杨家一家老小对周月华、艾起十分感谢。虽然杨家也不富裕,但是他们还想额外给他们点出诊费,请他们夫妇俩在家吃顿便饭。但是周月华当即就回绝了,她还对杨家的老大爷说:"这个是我们应该做的。医生的职责不就是救人嘛,这点辛苦不算什么的。大爷,我们这就回去了,说不定还有其他人在等着我们呢。"

在周月华、艾起夫妇眼中,这样的出诊是再寻常不过了、再普通不过了。除了频繁的出诊外,在家坐诊时,每当碰到一些高龄特困老人没有带钱,夫妻二人了解他们生活艰难，经常会减免他们看病的费用。每当遇到家境比较困难的村民来投医问诊时，他们就主动帮忙垫付医疗费。夫妇俩还时常义务宣传国家医疗保障制度及其相关政策，以减轻村民们看病的经济负担与压力。如果把周月华比作汉字笔画中的"一撇"，那么艾起就是相对应的"一捺"，这"一撇一捺"便拼合成了一个完整的"人"字。他们用责任、爱心为村民们提供了无私的救助，让更多人感受到了"人间自有真情在"。

　　艾起背着周月华去行医，在坎坷的行医路途中，他们既有浪漫爱情中的点点滴滴的回忆，也有艰难旅程中疲惫辛苦的坚持不懈。面对物质上的极度匮乏，面对崎岖危险的盘旋山路，面对经济上不富裕的投医问诊的父老乡亲，他们俩选择携手相伴，共同追逐着"治病行医"的梦想。

赤脚医生　　赤脚医生一词开始出现于中国20世纪60年代，主要是指这样一群医疗服务人员：持有非城市户口、未经过较为专业正式的医疗培训、长期扎根在农村等偏远贫困地区、物质生活较为贫乏、为农民提供医疗服务。赤脚医生的出现，从一定程度上缓解了中国偏远贫困山区

普遍存在的医疗服务人员紧缺的状况。赤脚医生主要来源为：中国传统医学世家的子嗣与后代、中专或大专毕业以后略懂医术与药理知识的人员等。他们往往身穿粗布麻衣，为了给老百姓出诊看病，跋山涉水，浑身尘土，经济拮据。但是他们却带着极大的热情，为农民提供贴心的医疗服务。他们通常不计较名，更不谋取利，无私地献出自己全部的爱心，目的是给病患以温暖与爱。在中国，出现较早的两位赤脚医生是王桂珍与覃祥官。他们两位有着几乎相似的人生轨迹，他们为了守护当地贫苦老百姓的生命健康，为了改善当地较为落后的医疗水平与条件，几乎是倾心奉献，甘愿付出，不愧是真正为农民服务的白衣天使。

※ ※ ※

捧着一颗心来，不带半根草去。

——陶行知

带领乡亲建"鸟巢"

2008年8月8日晚,当亿万观众的目光聚焦中国国家体育馆时,"鸟巢"犹如一颗硕大璀璨的钻石流光溢彩,在夜空中不断闪耀出多彩的光芒。此时,站在一旁的鸟巢弱电工程安装师谭双剑听着全场此起彼伏的欢呼声,想着自己的家人,回忆自己走过的道路,幸福和骄傲的泪水挂在他棱角分明的脸上。

谭双剑因家境清贫而放弃学业,揣着只有小学学历独自闯荡在大城市,为找工作而四处碰壁。薪资高的工作自然不能得到,就连餐馆服务员的工作,也很难找到。最后他找了一份单调而重复的馒头批发店搬运工工作,靠卖力气来挣血汗钱混口饭吃。

几个月后,谭双剑深感眼下的工作与生活并不是自己

想要的。1996年3月,他辞掉工作,毅然决然来到了中国的商业之都上海。几经辗转后,谭双剑只在码头找到一份沉重的扛大包工作。长期超负荷的搬运工作将他的后背压出了血泡。晚上,他趴在床上,忍着锥刺般的疼痛,轻轻地擦拭着后背上已经化脓的血泡。他想起家中因为生活的困顿而日益衰老的母亲,想起家中弟弟妹妹每天琅琅的读书声,感觉到自己不能这样庸庸碌碌地继续活下去。谭双剑下定决心,一定要想办法闯出名堂,让家人生活得更好。于是,他带着微薄的240元工资,决然离开了上海。

辗转数地后,谭双剑攥紧自己最后剩下的80元钱在1997年夏天扛着行李来到了首都北京。可是,学历依旧成为他施展拳脚的主要绊脚石。他做过饭店服务员、废品收购员,人生的转机出现在他来到一个建筑工地的时候。当时,他用仅剩的5毛钱坐上公交车来到香山,在一个装修队找了个一天20元的当小工的活儿。工作几天后,细心的谭双剑发现装修队中的电工虽然不是很累却可以每天获得60元的工资,远远高于他的薪酬。一心想改变生活的谭双剑心想:为什么自己不学着当电工呢?

认定目标后,谭双剑找到施工队的高师傅请求帮助。"电工可是个技术活儿!你知道零线是什么,火线又是什么吗?你知道啥叫并联,啥叫串联吗?"高师傅不屑地说道,"电工不是你们这些毛头小子想象的那么简单的!"谭双剑听到后傻傻地站在原地。看着高师傅离去的背影,心中的梦想让他决定要自学电学的基础知识。

为此,谭双剑向别人借来初中和高中的物理课本开始学习。在一个个不眠之夜,看书看得头昏脑涨的他,一想起自己对家庭的责任,总是咬咬牙又坚持了下来。他认定眼前的这一切不过是他实现梦想的垫脚石。带着这样的信念,谭双剑从摩擦生电到欧姆定律,从功率计算到电磁感应,每一个细微的知识都被他刻在脑海中。经过两个月的努力,谭双剑把一份装修电路设计草图放在高师傅面前。"小伙子不错嘛!这份设计图的构想很好!"高师傅看了谭双剑的设计图后笑着说道,"这样吧,既然你这么有心学,师傅就收下你啦!"谭双剑欣喜万分,当即认师学艺,感觉离自己的梦想又近了一分。接下来,谭双剑在高师傅的教导下,一边补充电路基本知识,一边在施工队实践。他把高师傅讲解的每一个知识点都详细记录在自己的本子上,并结合实际的操作来消化和理解。几个月后,聪明灵活的谭双剑经过高师傅的考验后成功出师,成了施工队电工的"二把手"。

看着徒弟的电工技术越来越娴熟,有一天,高师傅拍着谭双剑的肩膀语重心长地说:"双剑,咱们现在干的活儿都属于强电,而真正能体现电工技术和水平的却是弱电技术。现在人们的生活水平越来越高,要求自然也就变多,弱电电工的市场需求量也就越大。如果你真打算在这行里混出个名声来,就真该尽快学习弱电技术。"谭双剑深感自己应该与时俱进,师傅的话仿佛一盏明灯,为他指明了前进的方向。思考了一夜之后,谭双剑下决心要攻克弱电这一难关。他借来《建筑工程弱电技术》学习,并用打工攒下的钱参加了一个弱电工程师培训班,开始了自己学习电工技术的新征程。过程是艰难的,而他的起点太低则更是难上加难。但是,带着梦想的人生总会有转机,1999年末,谭双剑的努力终于得到了回报,他顺利取得了弱电工程师证书。有了这样一块敲门砖,谭双剑成功地进入国家气象局的一个项目工地工作。工作了几天后,他听到一个情况:有一栋并非自己负责的塔楼配电柜安装出了问题,而原来的电工因为工期太紧竟然不辞而别,项目负责人王经理如坐针毡。"这是个绝好的机会!"谭双剑心想,"一定要拿下!"于是,他主动请缨,一遍遍检查每条线路,一次次运行每个设备,发现问题后又迅速维修处理。经过三天三夜的奋战,谭双剑终于在工期结束的前一天把塔楼的配电柜安好并准时送电,王经理因此避免了数万元的误工损失。谭双剑没想到的是,自己不经意的出手相助竟为自己

带来了人生的另一次机遇。2000年6月20日，王经理再次找到谭双剑："谭兄弟，我这里有个时间比较紧的项目，你能不能找点工人来帮我干？你技术不错，做人又诚恳，肯定没问题！"谭双剑听后马上意识到这是一个新的机会，立刻找来一起工作过的工友们，组成了近30人的队伍，开始昼夜不息地工作。近一个月后，谭双剑按时完成了工程，并赚到有生以来的第一笔巨款：3万元。这次成功的尝试更加坚定了谭双剑的信心，他趁热打铁，很快组建了一支50人的施工队伍，自己做起了小老板。

之后，踏实细心的谭双剑带着自己训练有素的施工队伍开始专门承揽建筑弱电工程，参与建设了著名的现代城、东方广场等工程。他在工作中一丝不苟、注意细节，逐渐在行业内打出了名气，美誉度不断提升，他做的一些工程还获得了优质奖项。但此时，生活得到一定改善的谭双剑并没有松懈，他一鼓作气考取了项目经理证、工长证等资格证书，成为名副其实的建筑业职业经理人。

2004年末，北京2008年奥运会主场——国家体育场"鸟巢"开始为各项工程招标。得知消息的谭双剑热血沸腾，打算参与招标。然而，他却遭到公司同事的质疑。"全世界的同行都盯着'鸟巢'弱电工程这块肥肉呢，咱们哪里拼得过那些国际知名公司呢？""这活儿干好了便罢，干不

好的话估计会把整个公司拖下水！""竞标哪有那么容易的呀！有那么多的竞争对手，要是失败的话，精力岂不是都白搭了？"……"不行！机会面前绝不能退缩！"雄心勃勃的谭双剑并没有被质疑声拖住前进的步伐，他知道，只有努力才会更靠近梦想。经过许多个不眠之夜的构思规划，谭双剑在2004年12月向鸟巢工程建设指挥部投出精心制作的标书和新颖独特的设计方案。

上天总会垂青努力追寻梦想的人，谭双剑的设计方案在众多投标者中脱颖胜出。2005年1月，谭双剑带领100多人的施工队伍开始在"鸟巢"工地日夜苦战。经历3个春秋寒暑的更替，1000多个日日夜夜的挥汗如雨，在2007年底，鸟巢的弱电工程终于完工！谭双剑和工友们为"鸟巢"装上了灵敏而发达的灯光系统，他的名字刻在了国家体育场落成的纪念柱上，他的梦想散发出迷人的光泽！

"鸟巢" "鸟巢"即中国国家体育场，位于北京市奥林匹克公园中心区南部，为2008年北京奥运会的主体育场。"鸟巢"由雅克·赫尔佐格、德梅隆、艾未未以及李兴刚等设计，具有防雷、抗震、绿色、科技、人文等主要特点。其外形结构主要是由24根桁架柱组成巨大的门式钢架，而顶面则呈鞍形，长轴为332.3米，短轴为296.4米，最高点高度为68.5米，最低点高度为42.8米。整体来看，国家体育场像一个用"树和树根"编织成的一个庞大的建筑体，如同孕育和呵护生命的摇篮，寄托着人类对未来的希望，被誉为"第四代体育馆"的伟大建筑作品。2003年12月24日，鸟巢开工建设，2008年3月完工，总建筑面积为25.8万平方米，场内观众座席约91000个。第29届奥运会后，它成为北京市民参与体育活动及享受体育娱乐的大型专业场所，并成为北京市地标性的体育建筑和奥运遗产。

※ ※ ※

路是脚踏出来的，历史是人写出来的。人的每一步行动都在书写自己的历史。

——吉鸿昌

守护人民安全的英雄梦

疾风知劲草,危难显英豪!狂风暴雨中,傲然直立的是挺拔的松柏;惊涛骇浪里,岿然不动的是坚定的礁石;攸关生死时,奋勇无畏的是李长松这样豪气的英雄!在吉林省辽源市,只要一提到李长松的名字,市民们无不交口称赞。这位把保护市民安全作为自己英雄梦想的武警吉林总队一支队参谋长,在一次次生与死的考验、血与火的洗礼中,先后参加抢险救灾30余次,处置各类突发事件50余起,带领官兵协助公安机关捕获各类犯罪嫌疑人120余名。一幕幕抓歹徒、毙凶犯的惊险故事使他成为当地的传奇。

面对利刃,他仗义出击。1995年10月21日上午,在东辽河河堤上停着一辆再普通不过的出租车,车里一个男子双手搭在女司机的双肩上,像是一对正在谈恋爱的恋人。此时,李长松像往常一样骑自行车到东辽河沙滩训练场检查战士的训练情况。从出租车旁经过时,机警的李长松却发现出租车女司机惊恐期盼的眼神。李长松很警觉,他向前骑行一段距离后,迅速把自行车往路边一放,以河岸旁的树丛作掩护悄悄绕到车边。果然,出租车内的这名男子正把菜刀架在女司机的脖子上实施抢劫。李长松趁歹徒不注意,一个箭步冲了上去,猛地拉开司机那侧车门,对准歹徒就是一拳。瞬间惊慌的歹徒赶忙从另一侧车门下了车,"多管闲事!老子今天剁了你!"说着,歹徒提起菜刀就朝李长松冲了过来。眼看歹徒的菜刀马上挥到眼前,李长松灵机一动,指着歹徒背后大喊一声:"兄弟们,给我上!"歹徒一听,以为自己身后有人,慌忙回过头。就在歹徒扭头的空当,李长松趁机一脚踢向男子拿着刀的胳膊,再一拳将他打倒在地。事后,车内的女司机要给李长松钱以表示酬谢,李长松拒绝了:"保护人民安全是我工作的职责所在,没什么可值得感谢的。"

面对枪口,他勇往直前。2005年6月12日,中国银行河北沧州支行门前发生了一起震惊全国的特大持枪抢劫杀人案。作案嫌疑人,被公安部列为A级大案通缉犯的高猛携带五四式手枪一支、子弹数十发,潜入了辽源市。

6月19日,武警辽源支队奉命出击。穷凶极恶的高猛得到消息后携带武器潜藏在结构复杂的民房里,嚣张地扬言:"有本事就进来试试!反正都是死,最好一起来!"

3个多小时过去了,政策攻心、催泪弹震慑等一系列措施对于负隅顽抗的高猛都无济于事!"为什么不武力突击?"这时,李长松见情势不容乐观,就找到指挥部询问,"再拖下去就天黑了,到时候狡猾的高猛很有可能利用夜色脱逃!""可是高猛曾在部队服役过,枪法精准。"指挥部负责人担忧地答道,"咱们武力强攻的话……""我去!"李长松意识到了指挥部的难处,拍着胸脯说,"一定不辱使命!"指挥部见眼前的李长松威风凛凛,便立刻下达武力捕歼命令,实施强攻。李长松担负"第一尖刀"的重任,在战友对高猛进行火力压制时,他拿着枪一马当先地翻进了屋内,然后顶着高猛射来的子弹,沿6米长的走廊闪进了第一个房间。与此同时,敏感的高猛闪退到了第二个房间,李长松紧随其后,毫不畏惧地抵近第二个房间的门前。"高猛在第二个房间,兄弟们向里面进攻!"这时,支队长刘志洲指挥官兵向窗户里扔砖头,希望分散高猛的注意力。李长松趁此机会向门口猛一探头,发现高猛站在对面窗户右侧举着枪对准门口,但却回头望着发出响动的窗户,于是他抓住这稍纵即逝的战机,冲进房间,举枪对准了高猛。高猛觉察到后,也迅速将枪口指向了李长松。千钧一发,生死对决!"砰!砰!"两声枪响后,屋内顿时鸦雀无声。不一会儿,李长松走了出来。原来,李长松抢先扣动了扳机。枪响后,高猛持枪的胳膊放下来的速度非常慢。李长松迅速后撤一步,避开了高猛的枪口,对着他头部又开了一枪!

　　面对水火,他奋不顾身。李长松始终把人民的安危放在第一位,视国家的利益高于生命。1999年8月,辽源地区连降暴雨,特大洪灾不期而至。越来越多的老百姓身陷险境,李长松再次带领官兵毫不犹豫加入抗洪抢险的行列中。为了堵住滔滔洪水冲开的决口,李长松在洪水中持续战斗了8个多小时。仅他一人就抢救出了30多位被困群众,抢救财产价值20余万元。事后,疲惫的李长松才感觉到身体的疼痛。原来,裹挟在浑浊的洪水中的钢筋、铁丝早已在他身上刮出了多处口子。他最终因失血过多被送进了医院。

　　2005年12月25日,辽源市中心医院发生特大火灾。等到李长松带领40名官兵火速赶到现场时,跳跃的火苗正吞噬着整座医院,不断有人从三楼、四楼的窗口落下,爆

炸声、惨叫声、呼喊声此起彼伏。看着大火中被困的群众，李长松在嘴上扎上湿毛巾，披上用水浸湿的棉大衣，率先闯入令人窒息的浓烟中。楼道内黑烟滚滚，火苗烧焦了他的眉毛头发，浓烟熏得人两眼火辣辣的疼，李长松全然不顾，在滚烫的火浪里一连抢救出了21名遇险群众，搬运出23具遇难者的尸体。就在大家以为救援工作已接近尾声时，又一个坏消息传来——存放着大量氧气瓶子的氧气房马上就被要被大火烧着了！李长松顾不上早已疲倦不堪的身体，又带领官兵冲进了火海。"101个75千克重的氧气瓶！"大家顿时震惊了，"这么多可怎么办？"李长松看到大家一时手足无措，便决定分工合作："同志们！你们三人一组，一起往外抬！这点东西难不倒咱们的！"官兵们如梦初醒，纷纷按照李长松的指示开始往外搬。李长松则独自扛着一个氧气瓶冲了出去。等到所有氧气瓶转移到安全地点，李长松和官兵们都累得瘫倒在地。面对众人的称赞，李长松只是微微一笑："大家的平安，就是我的梦想！"

　　随着李长松事迹的传开，越来越多的人敬佩这个铁汉子，敬佩他一次次用实际行动践行着保护人民安全的信念。"辽源市抗洪抢险先进个人""辽源市首届杰出青年卫士""吉林省见义勇为先进个人""吉林省首届优秀青年卫

士"……英雄获得了应有的荣誉。而李长松总是憨笑道:"我也只是尽我们武警官兵的职责。我们多行一份正义,社会就多一份正气,人民生活就多一份和谐,这也是我想看到的。"

参谋长 参谋长是各级部队军事指挥部门主官的副职,协助该部队的军事主官进行指挥。主要职责为整理战斗信息,为军事首长提供资料并提出一定的建议;经军事首长授意,向下面单位布置具体的战斗任务或协助该部队的军事主官进行指挥。如军区参谋长是协助军区司令工作的,师参谋长是协助师长工作的。中国人民解放军军团以上包括旅、师、集团军、军区等各级部队都有参谋长。

我国军事史上,"参谋"一职及相应机构早已有之,只是各历史时期称谓各异而已。春秋时代是我国参谋长一职的萌芽孕育期,参战各国中,往往由该国国君或集谋士与将军功能于一身的将领,亲自指挥作战,鸣金击鼓,发号施令。但当时只是军中将帅行使兼职功能,并未出现专职的参谋机构和相应的参谋长官职务。最早出现"参谋"称谓的历史时期是唐代,据《旧唐书·职官志》记载:当时各节度使属员有"行军参谋,关豫军事机密……"故而,从唐朝以后,"参谋"称谓便沿用至今。

叶剑英、徐向前、左权、罗瑞卿、粟裕、肖劲光、杨勇、周士第、郭化若、李达曾是中国人民解放军 10 位著名的参谋长。另外,在欧洲,参谋长出现于拿破仑战争时代,是伴随近代大规模战争的出现、适应大兵团作战的需要而产生的。著名的如弗朗茨·哈尔德大将、库特·蔡茨勒大将曾在二战中担任德军总参谋长。

❋ ❋ ❋

丈夫溅血寻常事,留得人间姓氏书。

——(明)杨仲年

不负群众的"草鞋"书记

"杨善洲,杨善洲,老牛拉车不回头,当官一场手空空,退休又钻山沟沟;二十多年绿荒山,拼了老命建林场,创造资产几个亿,分文不取乐悠悠……""施甸有个杨善洲,清正廉洁心不贪。盖了新房住不起,还道破窝能避寒。"这些都是云南施甸男女老少耳熟能详的歌谣。歌谣里的杨善洲,是一名共产党员,一位普通的地委书记。

无论是早年身为地委书记,还是日后退休成为"创业造林"的领路人,杨善洲始终都坚守着一个信念,那就是一定要为百姓谋取更多的利益,为他们做更多的实事,让他们感受到更多的温暖。

杨善洲在当地委书记时,他总是穿着破旧的草鞋,穿着褴褛的衣服,一副朴实的农民模样。他待人亲切随和,

从不摆领导的架子,以至于很多人跟他相处,竟然都不知道他是地委书记。身为地委书记的杨善洲每天起早贪黑,几乎大部分时间都用来下基层,指导老百姓种田、解决他们的民事纠纷与矛盾、帮助他们解决生活中的难题。杨善洲每次下基层走访,都坚持穿着草鞋,迈着流星大步,用脚丈量土地,用眼观察民生,用耳倾听疾苦。当地的老百姓因此亲切地称他为"草鞋"书记。

退休之后,杨善洲依然放不下他热爱的老百姓,希望可以继续发挥自己的余热。他只身背着铺盖卷,来到云南施甸,回到家乡大亮山"创业造林",希望能够造福一方百姓。他带来的不是推土机,也不是起重机,只有他自己,还有可以自行搭建的一个临时简易帐篷。开始创业了,没有钱买种子,他就每天拎着大袋子,去大街边捡别人吃剩下的果核;没有钱给工人们发工资,他就把自己的退休金发给大家。施甸的创业条件的确非常艰苦,对此杨善洲却无怨无悔。他认为只要能造福百姓,一切都是值得的。

随着时间的推移,杨善洲"创业造林"的事业慢慢有了起色。他还在林场办起了茶叶生产基地,谁知突然发生了大规模的鼠患。杨善洲只能眼睁睁地看着一只只可恶的"硕鼠"把刚刚成熟的茶树一棵棵啃死,他心疼得要命,但是别无他法。鼠患使得林场一片狼藉,经济损失惨重。面对这突然来袭的打击,林场的工人退却了,他们被眼前的困难吓怕了。在这关键的时刻,杨善洲却挺住了,鼓励大家与困难搏斗。他说道:"树可以重种,可是面对困难我们一定不能退缩。"除此之外,在初建林场的3年里,杨善洲带领大家辛辛苦苦种了将尽3万亩华山松,但是却有大片的松树没有成活,受损的面积有400余亩。面对又一次的重大打击,杨善洲依然没有放弃,鼓励林场工人重新振作起来,让他们不要泄气。在他的感召与鼓舞下,林场工人始终没有在困难面前低头,这样才使得林场顺利度过了一个又一个险境。

年过花甲的杨善洲为"创业造林"的事业付出了太多太多,在这个过程中他所经历的艰难不是外人可以想象的。一次,杨善洲去山上修剪树木时,意外摔伤了腿,他疼得倒在了地上。因为身旁无人跟随,他也只能凭借毅力与仅存的体力,忍着剧痛,一瘸一拐地回到了山下的住地。原本以为没什么大碍,过几天便可以慢慢恢复,没想到情况越来越严重。在不得已的情况下,他才勉强去了趟附近的医院。但是由于错过了救治腿伤的最佳时期,医生也没有什么太好的办法,因此他只能拄拐杖走路了。即使面对这种常人都难以接受的生活挑战与考验,他依旧不改初衷,执着地追求着他"造林种树、造福百姓"的梦想。

其实,杨善洲老人当初放弃城里优越的生活,来到贫瘠落后的大亮山种树,很多人都认为他"傻",家里人也十分不理解他的想法与行为,有人也曾劝过他,放弃这个不可能实现的决定。但是"固执"的杨善洲不顾众人的反对与劝告,还是选择来到大亮山,在这里一干就是 22 个年头。

众所周知,以前的大亮山山清水秀。改革开放后,人们越来越重视经济的发展,却忽视了生态环境的保护与平衡,大亮山的树木被大量砍伐,大亮山变成了"大秃山"。经过杨善洲 22 年的"创业造林",现在的大亮山郁郁葱葱,树木种类繁多,有松树、柏树等,其中具有特殊意义的就是咖啡树。咖啡树属于典型的经济作物,可以产大量的咖啡豆。但是改革开放初期,这个树种几乎没人种植。杨善洲却看准了种植咖啡树的经济价值,大胆地在大亮山开始种植咖啡树,办起了咖啡树种植园,带领大亮山的老百姓逐渐迈向了富裕的康庄大道。

当耳边再次响起那首熟悉的歌谣"杨善洲,杨善洲,老牛拉车不回头,当官一场手空空,退休又钻山沟沟;20 多年绿荒山,拼了老命建林场,创造资产几个亿,分文不取乐悠悠……"时,我们肯定会为这位"草鞋"书记为百姓所做

的一切发出由衷的赞叹。杨善洲把辛苦创造的财富献给了家乡的父老乡亲；他离开亲人的身边，却每天与大亮山的老百姓在一起。他用自己的行动践行着、追求着心系百姓的梦想。

善洲林场 善洲林场位于云南省施甸县境内，现在该林场为县一级的国有事业单位，是云南省著名的弘扬"杨善洲精神"的道德教育基地的大本营，同时也是国家级的生态文明教育基地。该林场是于1988年由杨善洲老人与当地的林场工人一步步地建造起来的。当时的杨善洲老人刚刚从地委书记的岗位上卸任，他主动放弃了到大城市安享晚年的机会，回到自己的家乡，扎根大亮山，在林场义务植树，开办了林场，保护了当地的生态环境，为当地的老百姓造福。现在的"善洲林场"逐渐显现了独特的规模效益，除基本的场部外，还拥有1个瞭望台、1个水果基地、4个护林哨所；林场的职工39人，其中专业技术人员19人。它的总面积已经达到5.6万亩，是公益性质的国家级生态林区。该林区不仅拥有种类繁多的各种植物，而且有多种野生动物在这里栖居繁衍。这里的森林覆盖率非常高，是云南省施甸等周边地区重要的水源地之一。2009年，杨善洲无偿将总价值3亿多元的"大亮山林场"的经营及管理权上交国家。当地政府为了更好地弘扬杨善洲老人的奉献精神,于2010年正式宣布将大亮山林场更名为"善洲林场"。

❋ ❋ ❋

丈夫贵兼济,岂独善一身。

——(唐)白居易

替兄还债守诚信

马国林,出生于1973年9月,是宁夏回族自治区西吉县硝河乡马昌村的一名普通农民。2011年,他荣获"全国诚信道德模范"称号。这个铁骨铮铮的回族硬汉在苦难来袭之时,扛住来自生活的压力,坚守诚信做人的原则与底线。他用3年时间,替哥哥偿清了60多万元债务,使哥哥留下的砖厂逐渐扭亏为盈,并且最终将其"物归原主"。古时有季布一诺千金,今日有马国林坚守诚信。他用自己的行动追逐着、实现着自己心灵深处的诚信之梦。

2005年11月,马国林的哥哥——马国恩,因突发心肌梗死而突然离世,留下了巨额欠款,也留下了砖厂这一"烂摊子"。原来,马国恩生前曾在西吉县硝河乡投资开办

过一家砖厂。因缺乏经营管理经验,砖厂在运营方面出现了很大的问题,需要大量周转资金来填补经营落下的窟窿。为了继续维持砖厂的运营,2004年至2005年间,马国恩先后以个人名义,向亲朋好友、银行等信贷机构一共借了60多万元,并将其全部投到砖厂生意中。60多万元在人均年收入不足3000元的当地,是一个天文数字。何时才能偿清60多万的债务,全家人都吓傻了,简直都不敢想象以后的生活。

马国恩的妻子因丈夫的突然离世及巨额债务,遭受到了严重的打击,精神状况一度出现异常,3个小孩也无人照应。面对一个接一个到来的难题,马国林萌生了担负起责任的想法。当所有人还沉浸在马国恩辞世所带来的悲伤与忐忑不安之中,马国林大胆地站了出来:"大家别担心,哥哥的债务,我来替他还。"他觉得欠债还钱天经地义,债主们的钱也是辛辛苦苦赚来的,是血汗钱,也不容易。债务虽然是哥哥欠下的,但现在他辞世了,作为他的弟弟,他有义务帮哥哥还清所有债务,帮助他的妻子儿女重新过上幸福的好日子。于是,种种生活的重压一股脑地落在了马国林的肩上。

马国林先是很认真地用本子记下了哥哥欠下的债务

明细,并真诚地向债主们承诺,只要赚到足够的钱,就会马上偿还欠款。他背着妻子拿出了家中的一些积蓄,把欠县里信用社的10万元首先还清了。此举让该信用社的工作人员也感到意外,一是他们没想到马国林会用自己家的积蓄帮助哥哥还贷款,二是他们没想到马国林竟然如此信守承诺。

随后,经过反复思量,马国林打算先盘活哥哥留下的砖厂,希望以此盈利,来还清所有债务。他的想法却遭到妻子与家人的坚决反对,他们担心砖厂成为一个吸钱的无底洞,套牢后续投入的所有资金。马国林觉得暂时没有好的出路来偿清债务,让砖厂扭亏为盈是目前解决问题的最好办法。于是,他又瞒着妻子,变卖了家中的货车,并且向朋友借了20多万元,随即把手头弄到的40多万元投入砖厂。他还发动全家人到处想办法,筹集更多的启动资金,以便让快要倒闭的砖厂能够重新运转。马国林的创业初衷是显而易见的,他不为赚大钱、谋大利,只为替兄还债、改变兄嫂一家老小的生活窘况。

万事开头难,在砖厂还没有走上正轨的时候,各种意想不到的困难总是接踵而至。没有稳定的运转资金,没有专业的技术人员,没有足够的销路与市场,砖厂什么时候

可以扭亏为盈,什么时候可以东山再起?这也许是盘旋于马国林心中最大的疑问。他曾说:"我心中总是压着一块大大的石头,只要稍有不慎,我们的砖厂就会陷入绝境,那样不仅眼前的60多万还不成,还会欠更多的债务。"顶住眼前的压力,马国林带领着厂里的兄弟们,在砖厂同吃同住,不知疲倦地工作。那段时间,他就像一个旋转着的陀螺,似乎一刻都停不下来。白天,他跟着砖厂的兄弟们一起干活,手上的血泡一个接着一个地被磨破,手上的老茧也越来越厚。到了晚上,他仍秉烛夜读,呕心沥血地思考着砖厂的未来与出路,希望早点让砖厂扭亏为盈。

　　面对种种困难与挑战,他没有逃避,没有放弃,更没有畏缩,而是选择了咬紧牙关,勇敢地解决问题。为保证砖的质量,他特意聘请了专业烧砖的技术人员。在砖厂大规模第一次烧制砖块期间,马国林整日紧张得食不知味、夜不能寐,生怕有任何闪失、任何延误。他曾说:"一次大规模的烧制砖块,数量达到十几万块,任何环节稍有马虎,就意味着投入的资金打了水漂。但所幸的是,我们第一次烧制砖块就大获成功。"皇天不负苦心人,因马国林的砖厂生产的砖块质量过硬,销路也随之被打开,市场占有率不断得到提升,甚至还出现了供不应求的状况。砖厂的运营逐渐走上了正轨，也获得了很好的经济效益。砖厂第一年就开始盈利了，对此马国林喜出望外。他把砖厂第一年的所有利润都用来还了债，实现此前对债主们的承诺。

原本"人死账烂"，在常人眼里也是再正常不过的事了。在哥哥辞世的时候，虽然马国林曾对债主们作出了还债的许诺，但是债主们根本就没把他的许诺当作一回事。他们觉得马国林只是安抚一下他们焦急的情绪罢了，而且他们中的大多数人已经认定了一个事实——借出去的钱恐怕只能是"有去无回"了。2006年，马国林把5万多元现金亲自送到了债主马长祥的手中。马长祥原先与马国恩只是作了口头约定。马国恩猝然离世后，他就没打算再索要欠款了。他没想到马国恩的弟弟竟然这样重承诺、守信誉。

苏宝成也是马国恩的债主之一。2005年，马国恩向苏宝成提出借钱，由于他们是多年的老相识，情同手足，苏宝成二话没说，便把16万元借给了好兄弟马国恩。但是没过多久，马国恩便猝然辞世了，苏宝成的第一个念头就是"这钱要回不来了"。当时马国林找到了苏宝成，说要替哥哥偿还16万元债务。2008年，当马国林再一次出现在苏宝成的面前时，手里拿着16万元现金。苏宝成激动地

说:"真是让人难以置信,世上竟然有这样重情重义的人!"

其实,像马国祥、苏宝成这样的债主还有很多,他们中的很多人都被马国林诚信重诺的行为感动了。从2005年到2008年,马国林仅用了3年时间,便还清了哥哥欠下的所有债务。之后,他感到心中一块大石头终于落了地,备感轻松,说道:"还完债后,我觉得我好像重新活过来了,整个世界都是五彩的。"的确,在砖厂转亏为盈的过程中,马国林付出了太多的心血,还不到40岁的他就已经白发苍苍。3年的创业,个中的辛酸只有马国林自己知道。他记得自己曾无数次地从睡梦中惊醒,口中还梦呓道:"还要还债,还债……"即使现在,他还时常被这样可怕的梦魇所困扰。只有当他想起自己已经替哥哥还清所有的债务时,他才可以安心地继续入睡。他的妻子也说:"这几年,国林为了还债,几乎没睡过一个安稳觉。"

马国林将哥哥生前留下的砖厂从昔日的"烂摊子"变成了今日的"摇钱树"。看着砖厂的运营逐渐走上正轨,他又做出了一个惊人的决定:将砖厂的经营管理权全部转交嫂子马秀花。马国林说:"这是大哥的砖厂,是大哥的心血。现在砖厂走上正轨了,是时候该物归原主了。"嫂子坚决不同意:"国林,你替我们还了60多万的债务,还给我们钱盖房子,这砖厂也是你让它扭亏为盈的,我咋能要这个呢!"她认为,如果没有马国林的帮助,这个家早就四分五裂了。没有弟弟马国林的辛苦付出,砖厂也是不可能盈利的。但是马国林一再坚持"物归原主"的决定,最终,嫂子拗不过马国林的好意,两人商量决定,将砖厂承包给他人,每年由嫂子收取承包费。这样便可减轻嫂子一家的生活压力,保证他们的日常开销,还可以供3个侄子上学。马秀花难以掩饰自己的激动心情,说道:"丈夫的离去,对我来说,是个沉重的打击。但幸运的是,我得到了重情重义好兄弟的帮助。现在靠着砖厂的承包费,我们一家人可以生活得很好。"由于马国林的倾心相助,嫂子马秀花一家才得以顺利地走出生活的低谷。

马国林自己则重新寻找生存出路,白手起家,开始在西吉县承包土地,打算种植蔬菜,开办菜园。哥哥以前的债主及当地的信贷机构听说马国林要承包土地开菜园时,都主动在资金上给予大力支持,争着抢着想要成为马国林的生意合作伙伴。面对别人的赞许与夸奖,这个不善言辞的回族汉子总是回应说:"其实,我没做什么了不起的大事,这些都是我应该做的。"在中国古代,信守诺言是君子的良好操守。在实现中国梦的现代社会,诚信建设更是中

华民族伟大复兴途中必不可少的一环。马国林用他的脊梁与臂膀承托了亲人生存下去的希望,用勇气与魄力扭转了亲人窘迫的经济状况,用诚信与守诺坚守住了心灵上的道义。

全国道德模范　全国道德模范是由全国总工会、全国妇女联合会、共青团中央、中央文明办等单位共同联合主办的大型评选活动,是新中国成立以来规模最大、范围最广的道德模范评选。每次的评选结果都于"公民道德日"——9月20日如期揭晓。该评选活动的评选规则为:从308位既定的道德模范候选人中,由普通百姓以投票的方式选出他们自己心目中的道德楷模,评选出五个类型的道德楷模,分别为"见义勇为""助人为乐""孝敬老人""敬业奉献""诚实守信"。至2013年,全国道德模范评选活动已经成功举办了4次。2013年,中共中央宣传部正式下发了《关于开展第四届全国道德模范评选表彰活动的通知》,该通知指出评选表彰过程的4个主要环节为推荐阶段、投票评选、审批表彰、推荐评议。当今,中国社会的道德模范,主要指以团体或个人的某种言行,来维护大我的利益或发展,甚至必要时不惜牺牲小我的幸福。全国道德模范对于推动中国社会的和谐健康发展做出了突出的贡献。他们无私地献出自己的爱心,把无尽的正能量传递给了身边的人,同时也赢得了大家的尊重。

❋ ❋ ❋

夫君子之行,静以修身,俭以养德,非淡泊无以明志,非宁静无以致远。

——(三国　蜀)诸葛亮

独臂行者的梦想之旅

一个残缺的身体,如果用梦想充盈,依旧是完美的。江文山,这个先天缺失左臂的强者,凭着岩石似的恒心和钢铁似的坚韧,用厚实的双脚开启了自己的梦想实践之旅,用坚韧的残肢打开了社会的梦想互助之门。

和绝大多数残疾儿童一样,10岁时的江文山由于身体的原因没有玩伴,孤独的他跟随父母前往深圳生活。家里的墙上贴有一张中国地图和世界地图,江文山被地图上的大千世界吸引住了,在纸上摹画地图成为他生活中为数不多的乐趣。久而久之,他渐渐萌发出一个梦想:长大后,我一定要把这两种地图上的每个角落都走一遍,我要在世界的大好山河上留下我的脚印!带着这

样一个对常人来说平凡朴实的梦想,江文山开始了属于他的不平凡人生。

2005年,江文山以优异的成绩从深圳大学毕业。富有爱心、乐于助人的他走上了助残志愿服务的道路,在与诸多有着相似愿望的残疾人接触后,江文山发现,很多跟他有类似经历的人都渴望去祖国的大好河山看一看。这让江文山更加坚定了儿时的梦想,他对志愿服务的同伴们说:"你们以后看我的微博吧,我要让我的微博带你们走遍中国!"梦想就是一场说走就走的旅行,江文山立即付诸行动,筹划起骑自行车环游中国的计划。然而,就在他即将出发时,父亲却突遭车祸,并因此失去工作。家中的顶梁柱倒了,加之弟弟妹妹正在求学,一时间生活开销难以维系,江文山无奈之下只能把儿时的梦想深藏心底,肩负照顾全家的重担。

生活是艰难的,但是江文山并未被生活的担子压垮。这个独臂的坚强少年,尝试过很多种辛苦的工作,硬是撑起了整个家。每当他感觉自己快要累得喘不过气的时候,他总对自己说:"都会好起来的,我是要环游世界的人!这点苦算什么!"在他的支持下,2011年,最小的妹妹从大学毕业。眼看自己家人的生活不断得到改善,江文山静下心

来,打算再次规划自己的行程。此时,已具有更深厚社会阅历的江文山打算用9个月时间,走过中国的每个省份,这大约需要行走31686千米。行走这样的距离,对常人来说都颇有一定难度,更何况对一个失去手臂的人呢?然而,江文山没有灰心丧气,他不仅打算走完这3万多千米的长路,还打算把自己走遍中国的想法变成一次促使社会关注残障人士、让残疾人更好地融入社会的公益行动。于是,江文山在微博和博客上公布自己当天的行程,征集热心的网友前去他指定的繁华地带和他的假肢握手。时间定格在2012年3月5日,即"中国青年志愿者服务日"和"深圳义工节"这天,江文山终于踏上了"'梦想实践之旅'——环中国握手行动"的道路。启征仪式上,江文山想着自己一路走来的历程,遏制不住内心的激动:"每个人都有属于自己的梦想,但我的梦想已经等了7年了!我知道,很多事不会按我们所意愿的那样随时随地地改变,但动起来吧!梦想始于足下,现在该是实现的时候了!"他用笑容让很多人记住了这个有着朴实俊朗面孔的人的名字——江文山。

东莞是江文山全国旅行的第一站。江文山按照预定行程来到东莞市中心广场,用仅存的一只手举着"环游中

国,求握手"的牌子,等待着别人前来握手。不一会儿,一位中年男子略微犹疑地走近江文山。江文山见有人开始关注自己的梦想实践之旅,马上露出友好的笑容:"先生,握个手吧?"男子见状也热情地伸出双手,紧紧握住了江文山的假肢,围观的人们看到这感人的一幕纷纷鼓掌。在这位男子握手后,人们也开始主动地上前和江文山交谈、握手。一位抱着近3岁儿子的母亲从人群中走向前来,她先是紧握了一下江文山的假肢,然后让儿子伸出小手和眼前的这位梦想践行者握手,并感动地说:"我们希望你和所有有梦想的朋友都可以乐观地生活下去,可以为梦想而不断坚持下去。"听到这里,江文山的眼眶湿润了。他用假肢抱住眼前这位可爱的小男孩,深情地亲了他一下,发自肺腑地说了声"谢谢"。一个多小时后,"求握手"的活动结束了,前后有近百名路人主动上前与江文山的假肢握手。在始发站备受鼓舞的江文山在微博中欣喜地说道:"没想到,梦想实践之旅在第一站东莞就如此成功,我更加坚定了把这样的握手行动进行到底的决心。热心市民们的一次次握手、一句句鼓励的话语让我感受到了从未有过的爱心和力量!"

紧接着,江文山又马不停蹄地在祖国的许多城市留下

了自己的足迹,他举着牌子求握手的行动也受到人们越来越多的关注。2012年7月19日,江文山来到他的第38座城市——哈尔滨。下午4时,他准时出现在中央商城门前,再次举起一直跟随他的那块招牌。霎时,江文山得到了热烈响应,闻讯而来的市民们将他包围起来,纷纷抢着与这位梦想践行者握手。当人们握住江文山肘关节往下一点的残肢时,无一例外地被深深震撼,而他则微笑着侧身、倾斜、握手、点头,一一感谢前来关注自己的人。"大哥,好样的!"一个洪亮的声音从江文山身旁传来。这位叫景睿的小伙子在与江文山紧紧握手时,连连竖起拇指称赞他:"文山大哥,我们一直在关注你的'梦想实践之旅'呢!这激励了我们不少年轻人。我们哈尔滨兄弟们都支持你!"景睿边说着边邀请江文山一起合影留念。这时,人群中有6位来自华东理工大学的老师,他们在与江文山握手后,禁不住说道:"小伙子!继续下去,一定会实现自己梦想的!"这一切让江文山感受到了莫大的支持。他在微博中写道:"这是我经历过的城市中握手率最高的。早听说哈尔滨人热情、豪放,果然名不虚传啊!"

　　梦想实现的过程并非一帆风顺,现实的经济压力迫使江文山一度无力继续自己的梦想旅程。为了减轻经济负担,他把 31686 千米的梦想旅程放在网上出售,并用"你的每一千米购买梦想,我将向梦想前进一千米"作口号,以每千米 10 元的价格出售自己的梦想旅程,并灵活地设有 12 种购买方式,最低可购买 1 千米,最高则可购买 10000 千米。一位腰部以下瘫痪的残疾人听说了江文山的事迹后,心中充满了敬佩之意,于是毫不犹豫地拿出 1000 元购买了江文山 100 千米的"梦想里程"。当江文山在得知这位残疾人只是个月薪不足 2000 的打零工者后,婉拒这笔梦想旅费,"这位兄弟,你对我的支持让我很感动,这也是我继续走下去的动力,但是我绝不能拿你这个血汗钱!"江文山说。这位打工者正色道:"江大哥,我能帮你的地方很少。这钱也不多,请务必收下!就算是你梦想实践之旅的路上也有我的一份!"江文山迫于无奈只好收下。他握着这位朋友的手说:"兄弟,你放心!我一定带着你的梦想一起走,咱们一起实现走遍中国的梦想!一定!"最终江文山卖出了 3000 多千米的梦想旅程,共筹集到 3 万多元。为了报答对他梦想支持的朋友,江文山每到一座城市都会想办法购买些富有文化特色的明信片寄给支持他的人,来作为他梦想旅途上的印记。

经过江文山的不懈坚持,他现在已经走了 40589.2 千

米,途经中国66个城市,先后握手31000人次。同时,江文山在全国各地的梦想之旅中还不断宣传新助残理念:让每一个残障朋友走出家门、融入社会。为此,他每到一座城市,都会短暂停下来,多则三五天,少则一两天,然后带着自己最初的梦想继续上路。江文山对媒体说:"我想证明给全世界的人看,我可以完成这件事。所以我就想放开自己,去做一件有意义的事情,去实现自己的梦想。我可以做,大家都可以做。"他想让人们知道,每个人、每段路都源于内心的梦想,都源于为梦想的启程!就如他这般,在追逐梦想的过程中把握手作为"一种让他人、让社会了解残疾人的方式,去传达一些信息",把握手作为一种让自己的人生更精彩的方式。

中国青年志愿者服务日 2000年,共青团中央、中国青年志愿者协会共同决定把每年的3月5日作为"中国青年志愿者服务日",组织全国各地青年本着"奉献、友爱、互助、进步"的精神,以"爱心献社会,真情暖人间"为口号,广泛开展多种形式和内容的志愿服务活动。并通过开展青

年志愿服务,推动社会主义精神文明建设,促进社会主义市场经济体制的建立和完善,提高青年整体素质,为经济社会的协调发展和全面进步做出贡献。

✦ ✦ ✦

梦想一旦被付诸行动,就会变得神圣。

——[英]阿·安·普罗克特

《家园》的生态梦

凌晨,初露的晓色逐渐在天际交接处铺展开来,一抹抹鹅黄色的晨光温润清柔,将整个黄河滩笼罩。数只怡然自得的白鹭踏着水花或寻觅着美味的"猎物",或伸颈仰望独自躲在天边的蛾眉月……当伴着舒缓的音乐声欣赏纪录影片《家园》时,观众被眼前这幕记录大自然的美景深深震撼。在2011年11月28日第二届中国国际民间影像节上,这部纪录影片在主竞赛单元角逐中,以其所传达的独特环保理念,从来自全球35个国家和地区的1万多部参赛作品中胜出,获得"最佳短片奖"。《家园》的拍摄者就是钟情于自然生态及环保类纪录片的乔乔——一个坚持用光影记录自然生态的梦想践行者。

毕业于北京电影学院导演系的80后乔乔为什么没有

迎合市场致力于商业制作呢？他又为什么关注自然生态、用4年的青春来拍摄记录黄河生态的《家园》呢？这一切缘于他心中那颗拍摄自然纪录片的梦想种子。

乔乔在儿童时代喜欢走进大自然，感悟动植物的生命气息与生态环境的多彩变幻。大学时代，一次偶然的经历让乔乔最终开启了他的生态纪录片之旅。

"吱！吱……"同学家屋檐上的鸟巢里传出了清脆的叫声，几只幼燕将刚刚长起绒毛的脖子伸到巢边，滚动着圆润的眼珠儿看着下面来来往往的人群，似乎在热情地问候每一个人。正在同学家参加婚礼的乔乔被幼燕愉悦的声音和可爱的身影深深吸引住，为同学家人和燕子一家和睦相处的情景所感动。原来，一对家燕在开春时将爱巢筑到了同学家屋檐下电线旁，它们在那里哺育幼燕，过上了其乐融融的生活。夏日来临后，支撑鸟巢的电线在连绵不断的雷雨侵蚀下发生短路，同学一家的生活受到了影响。然而，为了不破坏燕子的家庭生活，同学一家就忍着酷暑放弃修理故障电路。这个故事触动了乔乔，于是他把筑巢的家燕和新婚的夫妇作为自己拍摄故事的两条主线，通过切换镜头来表现人与燕子之间的和谐相处，继而剪辑出了他的影视纪录片《巢》。《巢》没有采用传统的"画面加解说"的方式，而是赋予燕子和人一样的朴实的生活和情感。

《巢》一经播出,就打动了很多人,引发很多共鸣,它也因此被河南160多所小学及幼儿园列为生态环保教材。

《巢》的成功让拍摄自然纪录片的梦想种子在乔乔的世界破土而出,茁壮成长起来。年轻的乔乔开始穿起破旧的迷彩服,扛起沉重的摄像机,奔走在黄河滩上,扎身在沼泽湿地里,隐藏在漫天的芦苇荡中,用自己独特的光影记录黄河边上美丽、深情的自然画面,开始了他心中《家园》的拍摄。然而,大多美丽的浪花总是由水与礁石的撞击而形成,任何唯美、写意的镜头背后总暗涌着一个个阴暗的漩涡。

自然的挑战,挡不住梦想前行的脚步。6月的黄河,裹挟着泥沙奔涌着。正在拍摄这一瞬间的乔乔发现河水拐角的草丛中有一窝刚刚破壳的雏鸟。可爱的雏鸟并未意识到即将被洪水吞没的危险,依旧陶醉在家园的和谐之中。可是眨眼的工夫,雏鸟的窝已经被逐渐流过来的水冲得漂了起来。这时,乔乔不顾一切地跑向鸟窝,把那3只雏鸟救了起来。然而,裹着沉重泥沙的洪水却丝毫没有为眼前的这一幕动容,无情地向乔乔身上拍去。他只能一边将鸟窝揣在怀里,一边将50多千克的设备扛到肩头,顶着越来越强烈的洪水的冲击往河边跑。看着雏鸟四下转动的好奇眼珠,累倒在岸边的乔乔一边擦着额头的汗珠,一

边露出了舒心的笑容。在西藏拍摄羚牛时,为了使镜头更加细致、清晰,乔乔决定深入西藏的野生羚牛群中跟踪拍摄。一次,乔乔的镜头正在详细地记录着羚牛觅食时的一举一动,突然,羚牛发疯似的朝他冲过来。眼看羚牛快要冲到自己身旁,乔乔佯装悠闲、淡定地拍摄眼前的自然景色。羚牛奇怪地发现眼前这个人并没有"疯狂"地奔跑,就在离乔乔3米左右的地方停了下来,然后"好奇"地绕着他和摄像机转了两圈就摇摇头走向了远方……

  资金的重担,压不住梦想的生长。《家园》的拍摄并没有想象中的轻松简单。最初筹集的近200万元资金撑不住租车、租器材、工资、日常生活的巨大支出,在开拍5个月后,已所剩无几。"乔乔,要不咱们就拍到这吧,反正也存了些素材,后期剪切多花点工夫就行了!"助手看在眼里急在心里。"这怎么行,如果现在停止那之前的很多工夫岂不是要泡汤了?"乔乔明白助手的苦心。"可是连政府支持、基金会援助都没有,只靠咱们自己的话……之前那200万已经力不从心了。"助手紧张地说着。乔乔拍了拍助手的肩膀,用手指着相机里的素材:"你看,这些动物其实和人一样有自己的喜怒哀乐,它们更需要自由自在的自然环境。可是如今,我们发展工业的脚步已经逐步摧毁湿地资源和森林生态,整个环境急需改变。你不觉得咱们做

得很有价值吗?"乔乔没有听从助手的劝说,选择将自己最初的梦想坚持下去。为了解决资金的燃眉之急,乔乔卖掉自己的房和车并向家人、朋友借了数百万元来继续进行拍摄。同时,为了节省开支,乔乔住在临时搭建的帐篷里,甚至只以烧饼和水来充饥,实在没钱了,他就去拍摄一些广告片或商业片赚点资金。

"拍摄自然生态的纪录片一直是我的梦想,我只是在尽力坚持自己最初的梦想,这没什么好奇怪的。拍摄《家园》确实会受些罪,但若不让我做自己喜欢的事,我会更加痛苦。"就这样,乔乔用了4年的时光来脚踏实地地追求他的光影《家园》,对他来说,最美好的时刻既不是《家园》荣获国际大奖,也不是被同行称赞,而是拍摄生态之旅的每一分、每一秒,最美好的体验是他在追逐自己的梦想中流露出的对自然生态和生命个体的尊重。

中国国际民间影像节 "中国国际民间影像节"即"中国·西安国际民间影像节"。从2010年开始,中国国际民间影像节作为中国西部文化产业博览会的重要组成部分,

在西安每年举办一届，以推动民间影像艺术文化的发展，进而推动我国影像产业的发展。影像节的参赛对象为国内外喜爱DV的拍摄者、电视行业内的各电视台、各大专院校、影视机构（公司）、独立制片人、DV俱乐部、DV爱好者、各企事业电视台站、各行业影视系统（如党建系统、部队系统等），并相应设置纪事类、动漫类、旅游类、婚庆类、新闻类、文艺类、家庭类、公益广告类8个类别的213个奖项，还特设组委会金奖、最佳亚洲奖、最佳欧洲奖、最佳创意奖4个大奖，整个影像节的总奖金额达100万元人民币。

❋ ❋ ❋

我们常常喜欢回归自然，以之为一切美和幸福的永恒源泉。

——林语堂

用音乐寻找光明

如果我能看得见

就能轻易地分辨白天黑夜

如果我能看得见

就能驾车带你到处遨游

就能从背后给你一个拥抱

如果我能看得见生命也许完全不同

可能我想要的我喜欢的我爱的都不一样

……

2008年,这首触人心弦的《你是我的眼》被歌手黄小琥以深情的嗓音唱响了整个中国,感动了无数的听众。然而很多人都不知道,这首歌的原创者是台湾盲人歌手萧煌

奇。双目失明的他,是以生命讴歌的勇者!萧煌奇凭自己超常的毅力和对音乐的执着,用创作出的心灵金曲带着自己的梦想、带着每一个拥有梦想的听众去寻找爱的颜色和追梦的精彩。

　　1976年,一个天使般的小男孩来到这个世界。不幸的是,这个男孩是带着先天性白内障出生的,也就是说,他不知道这个世界的一切颜色。父母给了这个小男孩一个灿烂的名字:"萧煌奇",希望他能有个"辉煌传奇"的人生。4岁的时候,萧煌奇接受了眼部手术,开始朦胧地看见大千世界,能够见到这世界的一景一物。即使手术只使他的视力恢复到弱视的程度,但生性乐观的萧煌奇已经非常知足。对于任何事物都充满好奇心的他,用来之不易的微弱光明努力地认识这个世界。他知道了原来人们口中的天空蓝、青草绿是这样的颜色;他知道了原来吉他、萨克斯是这样的形状;他知道了原来乐谱和乐器按键的位置是这样安排的;他知道了……从此,他爱上了这个世界上富含色彩的声音,爱上了那一支支动人的旋律和一件件令人着魔的乐器。于是,他下定决心学习音乐,梦想有一天可以用自己的音乐讲述心中独特的爱与梦,梦想可以用音符勾画自己心中世界的色彩。

在台北启明学校求学时,萧煌奇可以算是"盲人眼中的明眼人",甚至可以和弱视同学一起打篮球,如正常人一样生活。就这样,从4岁到15岁,萧煌奇度过了一段充满欢乐的美好时光,也积攒了一些音乐的基础知识,这为他的音乐梦想奠定了良好的基础。不料,不幸却又一次降临在这个可怜的小男孩身上。高一时的一个下午,15岁的萧煌奇和同学在盲人专用篮球场玩着篮球,队友远远地把球传给他,萧煌奇接到球后轻轻一跳,继而一转身对准篮筐投去,可是球砸到篮板反弹了回来。当他正准备再次起跳来发挥自己最擅长的抢篮板功夫时,却发现原本很大的篮球闪了几下就变成了模糊的小黑点,连本来明亮的天空也刹那昏暗起来,仿佛阳光刺眼的中午瞬间过渡成夕阳下的黄昏。萧煌奇心里立即紧张起来,他不敢伸出手去接球了,只是站在原地发呆。不一会儿,萧煌奇感觉世界又渐渐清晰起来,他以为刚刚只是一个偶然事件,一股不足以吞没自己人生的细浪,于是就又继续玩了起来。一转眼的工夫,萧煌奇四周的世界再次陷入黑暗之中,他被队友抬往了医院……从此,命运完全将他推向黑暗的深渊。就如他在《你是我的眼》中所写的:"眼前的黑不是黑,你说的白是什么白,人们说的天空蓝,是我记忆中那团白云背后的

蓝天……"世界的一切都只能成为他记忆中的画面了。

刚完全失去视力时,愤怒、狂乱、害怕的情绪时常像不断充气的气球,在萧煌奇的脑海中持续膨胀。心中的音乐梦不断灼烧,令他无处发泄,他只能跌跌撞撞爬上学校的楼顶,盲目地用力拨弄心爱的吉他,在风中疯狂地咆哮,试图将积压在心里的伤害全部释放出来。等他慢慢平缓下来后,嗓子早已沙哑,脸颊最后的一丝温热也被泪珠带走。老师和同学们发现了萧煌奇的变化,给予他很多关爱,帮助他适应这个"全新"的世界。老师还努力地开导他:"其实你可以透过内心来学习怎样生活、怎样找到属于看不见的信心和力量,眼睛无处不在。"在老师、同学们的关爱中,重拾生活希望的萧煌奇终于在不能改变的现实面前作出了重要的选择,再次为自己的音乐梦想前行。他开始参加一些比赛,并通过自己的毅力和努力获得了第8届残障人金鼎奖歌唱比赛冠军。他开始更加注重自己的身体健康,不久,视障人士柔道比赛的冠军也被他收入囊中。

接下来,萧煌奇用一年的时间来让自己沉淀,学习盲人生活的一切,学习吉他、爵士鼓和萨克斯。虽然学习过程困难重重,别人用1分钟的时间学习,盲人可能要用10分钟的时间摸索,但不管他处在什么样的情绪里,那些饱

含情绪的乐谱和心中积聚已久的音乐梦想是支持萧煌奇最大的动力。从初中到高中,他利用自己的音乐能力和兴趣去打工。无论是民歌餐厅还是西门町演出,无论是婚礼现场还是生日宴会,萧煌奇都珍惜每次演出的机会,珍惜每次向音乐梦想靠近一寸的机会。高中毕业前的1995年,仍坚持着自己音乐梦的萧煌奇召集了5位同为视障者的师兄、师弟,组成了台湾第一个视障音乐团体"全方位乐团",并担任主唱和萨克斯手。数年间,全方位乐团走遍了台湾包括盲童学校和监狱在内的大小社区,在这些阳光最吝啬的角落,"全方位乐团"用音乐带来了一片明媚的希望。萧煌奇用音乐给自己装上了一对明亮的眼睛,并把光明散播给需要帮助的人。

2002年,萧煌奇把自己在音乐道路上的感悟都写在一首名为《你是我的眼》的歌曲里,这首歌曲寄托着他对音乐的狂热追求和对生活的现实思考,饱含深情而充满期望。社会认可了他的付出,《你是我的眼》荣登当年的台湾金曲榜,一跃成为KTV排行榜的冠军。刚刚涉足乐坛的萧煌奇凭此入围了金曲奖"最佳男演唱人"与"最佳作词奖",音乐终于成了他的又一双眼睛。是的,他否定过上帝,世界的颜色也只存在于他的记忆里,但他终于还是寻

找到了那无处不在的眼睛,让自己看见了世界的光明。梦想并未停止。2010年,萧煌奇遇到了同样正在追寻音乐梦的黄小琥。两颗因音乐而火热的心一见如故,萧煌奇继而为她量身创作了《没那么简单》,用简单的乐曲真实地写出了黄小琥的心态和将近30岁女人的心情。在黄小琥的真情演绎之下,这首歌感动了许多人,唱哭了许多人,迅速席卷了华语歌坛。当歌迷向萧煌奇报以掌声时,萧煌奇看见了无数双支持他的眼睛,看见了梦想的色彩。这一刻,世界就在他的眼前;这一刻,世界走进他的梦想陪他歌唱!

台湾金曲奖 金曲奖(Golden Melody Awards)是中国台湾地区规模最大的音乐奖项,也是华人世界中最有影响力的音乐奖之一。1986年,台湾举办"好歌大家唱"活动,赢得了媒体广泛的报道与社会热烈的反响,激励了台湾音乐市场与音乐人。这也成为台湾金曲奖的起源。1990年1月6日,第一届金曲奖颁奖典礼在台北中山纪念馆举行。当时,金曲奖共设最佳年度歌曲奖、最佳作词人奖、最佳作曲人奖等11个奖项。1997年,"唱片金鼎奖"与金曲奖合并,奖项数扩增至逾20项,分为"流行音乐作品类"及"传统暨艺术音乐作品类"两大类别。截至

2013年,金曲奖已经成功举办了24届,颁奖典礼于每年五六月间举行,并与金马奖、金钟奖并称为台湾三大娱乐奖。目前,周杰伦获得15个金曲奖,成为历年金曲奖得奖最多的歌手。

❈ ❈ ❈

不因幸运而故步自封,不因厄运而一蹶不振。真正的强者,善于从顺境中找到阴影,从逆境中找到光亮,时时校准自己前进的目标。

——[挪威]易卜生

追梦途中洒满阳光

此时,不管你是舞台上光芒万丈的舞者,还是黯然神伤地舔舐自己伤口的孤独者,对浩渺的宇宙来说,微小若尘埃的你终究是个过客,而能永恒的只是在追梦途中属于自己的阳光。有一个女孩,她怀着满腔的热血和美丽的梦想一天天长大,也一天天在梦想途中找寻着自己的阳光。她凭心而行,一路风雨无阻,追梦的脚步从未停歇。如今,她在追梦途中用属于自己的阳光沉淀青春生活中最美好的真实和最永恒的记忆,并把这些凝集而成闪闪钻石,作为对自己为理想永不放弃的奖赏。她就是人气女演员娄艺潇。

娄艺潇读幼儿园时就表现出出众的艺术天赋。被同学们称为"演艺小明星"的她能歌善舞,几乎参与了幼儿园

所有的文艺活动。自小自尊心颇强的她不仅才华初绽,还在母亲的支持下报了声乐和舞蹈辅导班来全面学习,演唱技巧和肢体动作都有了很大的进步。小小的她早已在心中暗暗下定决心,一定要成为电视里聚光灯下翩翩起舞的演员,展放自己蝴蝶般的舞蹈翅膀。基于这样的信念,娄艺潇在取得声乐和舞蹈老师的认可后又报了当地最好的钢琴训练班,抓紧零散时间来拼命练习钢琴。娄艺潇主动学习、刻苦训练的态度让妈妈又惊又喜。妈妈在心疼之余,看到女儿一天天成长起来,内心的自豪激动自然无法言喻。也正是那时候,演艺的种子在年幼的娄艺潇心中发了芽,她决心在舞台上追寻属于自己的阳光。

　　随着年龄的增长和学习的深入,娄艺潇更加坚定地追逐自己的演艺之梦。做自己所喜欢的事,付出的努力、流过的汗水都是甘甜的。一向刻苦努力、发奋好学的她以优异的成绩考入了上海戏剧学院表演系,练声、舞蹈、话剧便成了她大学生活的必需品。清晨,校园里飘荡着她抑扬顿挫的声音,舞房里转动着她灵动的倩影,情景剧舞台上释放着她的嬉笑怒骂……这个年纪轻轻的小女孩似干涸的海绵如饥似渴地积累着演艺经验。老师和同学们都被这个勤学好问的学生惊呆了。她的成绩自然没话说,她为人处世也谦和豪爽又不失分寸,娄艺潇获得了所有人的喜爱。娄艺潇一有机会就上台表演,发挥自己的演艺潜质,忘情地融入角色表演中,积累了丰富的舞台经验。恰逢《爱情公寓》的导演来学校挑选演员,娄艺潇靠自己过人的才艺和谦和友善的态度赢得了导演的垂青,争取到了"胡一菲"这一让她之后名声大噪的关键角色。

正是进入《爱情公寓》剧组这一机会,使得娄艺潇的演艺梦想之花开始绽放。在剧组中,"胡一菲"由于故事情节的需要展示舞技,年轻的娄艺潇凭着自己在儿童时代就积累起来的乐感,即兴自编自演了一段灵动的舞蹈,精湛动感而又不失美妙,专业度毫不逊色于任何资深演员,导演拍摄一次就很满意地通过了。同时,正是因为对舞步节奏十分到位的把握和对舞台的热爱,2011年度《舞林大会》的海选吸引了正在全身心拍摄《爱情公寓》的娄艺潇。没有人知道,站在聚光灯下翩翩起舞一直以来是娄艺潇的梦想,也是她一路奋斗拼搏的不竭动力。她决定参加《舞林大会》。

娄艺潇决定报名参加《舞林大会》的事情在剧组引起了轩然大波。"小娄,虽然从目前的拍摄进度和效果上看你很不错,可咱们的进度一向比较快,你要是再参选《舞林大会》的话,恐怕……"导演语重心长地劝娄艺潇打消念头,"况且你也知道,大家档期十分紧张,你会有时间练

舞?"同剧组有的同事不无讽刺地开玩笑说:"一边拍戏一边去《舞林大会》,还真当自己是铁打的啊!"然而,娄艺潇在听到这些话后不仅没退缩,还选择《黑天鹅》里最经典的片段作为《舞林大会》上的参赛舞蹈!"《黑天鹅》舞曲难度很大,你要不要再重新考虑下?"指导老师在听到娄艺潇的选择后,吃惊地跟她说,"而且你现在还在拍戏,时间会是个大问题。"娄艺潇却答道:"谢谢老师!但是我已经决定了。""可是你从未学过芭蕾舞,现在才开始准备练习的话……"老师考虑到娄艺潇参加比赛的目的,担忧地说。但娄艺潇仍旧坚持要选用《黑天鹅》舞曲,她说:"我小时候就常常幻想自己可以扮演黑天鹅,可以说演《黑天鹅》是我演艺梦想的一部分。只要能抓住这次机会,苦点、累点都不算什么!"这个小女孩又一次让身边的人感到惊奇。敢于挑战,直面困难,乐于追求,这是娄艺潇特有的品质。

　　于是,为了能实现自己的梦想,娄艺潇每天都把时间安排得满满的。白天,她与"关谷神奇""曾小贤"等同事在《爱情公寓》剧组中敬业地排演,晚上,她到舞蹈室从"上足尖"的动作开始练习"黑天鹅",一次次的旋转练习使娄艺潇的脚指甲因为充血而变成了深黑色,整条腿也不时出现片片瘀青,但一直处于追梦过程中的她享受着拼搏的乐趣。舞曲一遍遍播放,娄艺潇一遍遍旋转,脚底的疼痛感加上身心的疲惫，一度让这个一向坚强刚毅的女孩迷茫了。她靠在镜子前，看着自己腿上的瘀青，突然想起这一路走来，不正是为了聚光灯下那一刻吗？伴着这样的信念，娄艺潇一次次跌倒，一次次爬起来重新开始，练舞的鞋尖磨破了，衣服被汗水浸透了，她还在跳着。功夫不负有心人，追梦的坚持使《舞林大会》赛场上的娄艺潇散发出炽热明丽的光芒，伴着观众经久不息的掌声，她以一支糅合了现代、伦巴和芭蕾3种舞蹈元素的全新《黑天鹅》舞蹈惊艳全场。现场评委也给出了3颗星的肯定，娄艺潇因此成为现场第一位晋级的选手，甚至有网友将她誉为"最具奥斯卡影后气质的选手"。硕果当之无愧属于这个拼搏着的坚强姑娘。享受着众人对自己肯定的同时，娄艺潇热泪盈眶，她终于实现了幼年时自己聚光灯下的简单而美丽的梦。虽然娄艺潇不很满意自己在《舞林大会》尾声时的表现，但她却并未后悔自己脚踏实地一步步追逐自己演绎梦的过程，因为在追梦的过程中，她发现着、认识着全新的自己，遇见着最美好的自己——不断努力向上的自己。她享受着，也在一次次的跌倒中越来越坚毅果敢，学会勇敢和担当。这一刻，她就是她生命中最美的"黑天鹅"！

《爱情公寓》拍摄顺利，娄艺潇丝毫未影响剧组拍摄工作的进展，她的表现得到导演和同事的赞扬。电视剧的播出，又不断使她获得人气。她在《爱情公寓》第2、第3季中成功实现华丽转身，成为备受欢迎的女一号。这个一路拼搏、一路高歌猛进的姑娘，用自己的努力和汗水践行了梦想的誓言。荧幕前的光鲜亮丽是靠荧幕背后挥洒的点点滴滴的汗水凝聚而成的。娄艺潇，这个名字中就注定为"艺"术而生的女孩，仍然不忘让自己越来越进步、越来越出彩。现如今，娄艺潇依旧在追逐演艺梦的过程中，以最好的状态争取属于自己的阳光。

知识链接

《黑天鹅》 即《Black Swan》，是一部美国导演达伦·阿伦诺夫斯基（Darren Aronofsky）执导的、由福克斯探照灯（Fox Searchlight Pictures）公司发行的知名电影。《黑天鹅》讲述了一个有关芭蕾舞的超自然惊悚故事。女主角Nina是一名纽约的资深芭蕾演员，和她具有支配欲的母亲住在一起。她的母亲也曾是芭蕾舞者，对她施加着令人窒息的控制。新一季的《天鹅湖》公演日渐临近，但这季《天鹅湖》要求一个能够表现白天鹅的天真无邪与黑天鹅的狡诈放荡的女演员。于是，艺术总监决定换下首席舞者Beth，但对于两个候选人——Nina和Lily不知道该如何抉择，因为Nina适合饰演白天鹅，而Lily简直是黑天鹅

的化身。Nina 和 Lily 开始在竞争中发展了一段扭曲的友情,而 Nina 更多地发现自己的黑暗一面,发现自己不确定竞争对手是一个超自然的幻象,抑或只是她自己出现了错觉,许多麻烦也随之加剧。《黑天鹅》是第 67 届威尼斯国际电影节的开幕影片,女主角 Nina 的扮演者娜塔莉·波特曼(Natalie Portman)更是凭借在该片中的精彩演出获得包括金球奖和奥斯卡在内的多个最佳女主角奖。

❋ ❋ ❋

生活的理想,就是为了理想地生活。

——张闻天

后记

这套"梦想的力量：中国梦青少年读本"丛书得以出版，首先要感谢北京师范大学出版集团和安徽大学出版社的大力支持与帮助。感谢安徽大学出版社康建中社长不辞辛苦地从安徽赶来北京师范大学参加我们的审稿研讨会，并提出了重要的具有建设性的意见。感谢安徽大学出版社赵月华总编辑，这套丛书从最初的构思、策划，到最终的出版、发行，都凝聚着她的智慧和心血。社长和总编把这套丛书的读者定位在青少年身上，体现了他们对"中国梦"本质内涵的深刻理解，凸显了他们为实现"中国梦"所担负的社会责任感。同时，还应该感谢安徽大学出版社王先斌等编辑，他们在每一本书的编辑过程中都提出了许多宝贵而中肯的意见。

当然,本丛书各卷撰写者都是在繁忙之中,集中时间和精力,全力以赴地完成书稿的,付出了许多的辛劳和汗水。另外,还要感谢丁子涵、郝思聪、任敏、张悦等几位研究生,他们在查找资料、校对书稿等方面做了大量工作。

从开始策划到完稿,时间太仓促了,因此难免会有一些纰漏和不足,还请各位读者给予指正!

刘 勇 李春雨

2014 年 5 月